CW00523589

Relatos para Adultos Inmaduros

Relatos para Adultos Inmaduros

Virginia Cortés Moncó

Número de Control de la Biblioteca del Congreso de EE. UU.:		2012923989
ISBN:	Tapa Dura	978-1-4633-2633-3
	Tapa Blanda	978-1-4633-2634-0
	Libro Electrónico	978-1-4633-2632-6

Esta es una obra de ficción. Cualquier parecido con la realidad es mera coincidencia. Todos los personajes, nombres, hechos, organizaciones y diálogos en esta novela son o bien producto de la imaginación del autor o han sido utilizados en esta obra de manera ficticia.

Este libro fue impreso en España.

Para realizar pedidos de este libro, contacte con:
Palibrio
1663 Liberty Drive
Suite 200
Bloomington, IN 47403
Gratis desde España al 900.866.949
Gratis desde EE. UU. al 877.407.5847
Gratis desde México al 01.800.288.2243
Desde otro país al +1.812.671.9757
Fax: 01.812.355.1576
ventas@palibrio.com
428909

A mis hijos Curro y César.

ÍNDICE

EL PRIMER DÍA DE COLE

Dicen que el carácter de un individuo se forja en su más tierna infancia y probablemente es cierto; el mío en concreto se empezó a formar en el primer día de colegio.

Ahora que soy adulto, en ocasiones me viene a la memoria el recuerdo de aquel día tan particular y me recreo en los sucesos acontecidos que me convirtieron en lo que soy en la actualidad.

Para comprender esta historia necesito explicar cómo era mi familia y el entorno en el que me movía.

Vivíamos en una zona conflictiva. A menudo había peleas entre bandas y el peligro acechaba de una u otra manera a la vuelta de cualquier esquina. Sin embargo los pequeños vivíamos protegidos y ajenos a todo lo que nos rodeaba. Éramos muy felices. Todo lo que sucedía a nuestro alrededor no nos afectaba (o eso era lo que pensábamos) casi como si no perteneciera a nuestras vidas, aunque más tarde comprendí que esto es propio de la infancia: vivir como si tu entorno fuera el del mundo en general; no existe otra cosa diferente de lo que conoces, ya sea bueno o malo.

Mi padre era todo un carácter: autoritario y tremendo. No dejaba pasar una, a la primera de cambio lo tenías encima amenazándote.

Mi madre era una trabajadora infatigable, tremendamente cariñosa (aunque no blanda) muy lista y prácticamente la que mantenía la familia.

De todos mis hermanos yo era sin lugar a dudas el más débil, aunque siempre supe suplir la debilidad con un grado de astucia muy superior a la de ellos; de no haber sido así mi propio padre me habría machacado. Como ya os dije él no soportaba la debilidad, si bien es cierto como entendí después, que en nuestras condiciones de vida la debilidad era un lujo que no podíamos permitirnos.

Recuerdo mucho a mi padre; ahora estaría orgulloso de mí.

Gracias a mi inteligencia he llegado a convertirme en líder de una gran empresa de la que dependen muchas vidas.

Pero bueno, retomemos aquel primer día de colegio que tanto me marcó.

Era un día plomizo y yo no tenía ganas de empezar nada y mucho menos el colegio y, aunque no viera la necesidad de instruirme, parece ser que había llegado el momento.

El colegio al que asistí estaba regentado por una hermana y unas primas de mi madre. Era una especie de guardería familiar donde entretener y cuidar a los hijos de todas aquellas madres trabajadoras del barrio: era el objetivo principal.

Llegado el momento de la despedida se me hizo un nudo en la garganta y otro en el corazón al ver alejarse a mi madre. No lloré, solo sentí un vacío interior tan grande y una tristeza tan profunda que aún hoy me sobrecoge.

Era la primera vez que me separaba de ella y me asaltaban dudas tan tremendas como la de saber si volvería a por mí o no la vería nunca más.

No sé el tiempo que pasó sin que pudiera moverme, con los ojos fijos en el camino por donde la había visto marchar con sus compañeras de trabajo; tan alegre, tan llena de vida.

Poco a poco la pena y las dudas fueron dando paso a los juegos infantiles y la mañana transcurría más o menos de forma agradable hasta el momento en que todo sucedió.

Estábamos jugando en el exterior cuando apareció aquel sujeto mal encarado delante de nosotros; era el tipo más grande que yo había visto hasta el momento.

Un instante después de su llegada todas las cuidadoras estaban frente a él, formando una piña. No sabíamos qué pretendía pero el tono que usaba era de lo más amenazante.

Mientras el grupo trataba de apaciguarlo, mi tía nos llevo a todos los pequeños hacia el fondo y cuando nos dejó a buen recaudo se unió a sus compañeras.

Todo sucedió en un instante: hubo golpes, empujones, forcejeo; se armó un gran revuelo y después... nada. No se oía ni el canto de un pájaro. Un silencio profundo se apoderó del lugar. Todo parecía suceder a cámara lenta. Sólo se veían cuerpos agitados, temblorosos. Alguna cuidadora parecía herida.

Comenzó a llover como si el cielo hubiera esperado ese momento para iniciar su propia guerra y ante mis ojos, mezclado con el barro, pasó un río de sangre y en el origen de ese río, tirado en el suelo, se encontraba el cuerpo de aquel tipo completamente hecho jirones. La sangre le manaba a borbotones de todos los puntos imaginables.

Vimos atónitos como un tiempo después (que no pude precisar si fue largo o corto) algunos de su banda vinieron a recoger el cuerpo inerme.

No hubo llantos, no hubo preguntas; sólo silencio. La vida siguió su cauce como lo siguió aquel río sanguinolento del que no podía apartar la vista y que más tarde se convirtió solamente en agua.

Cuando mi madre vino a recogerme me alegré mucho de verla pero ya no era yo a quien recogía, es decir, mi madre me dejo a mí y recogía a mi *alter ego*.

Durante dos días no pude volver al cole: me sentía enfermo, estaba casi exhausto, no podía quitarme aquellas imágenes de la cabeza.

Sospecho que mi madre debía creer que, dada mi naturaleza débil, estaba impactado por lo que había sucedido y anduvo excusándome delante de mi padre que rezongaba continuamente a mi alrededor para que me activara.

Nada más lejos de la imaginación de todos.

En realidad, lo que me tenia impactado es que revivía una y otra vez aquella escena con autentico deleite.

Volví al colegio pero para mí ya todo fue distinto. No sentía miedo por nada aunque tampoco me exponía. Mi entrenamiento estaba dirigido a pequeños asesinatos: pequeños animales que nadie notaba. Todo lo hacía con tal cautela que nunca nadie sospechó de mi cambio de actitud.

Era feliz con esta nueva personalidad. Me había descubierto y no podía engañarme: necesitaba sangre.

Mi inteligencia fue en aumento y a esto le acompañó un gran desarrollo físico. Estas dos condiciones me hicieron especialmente peligroso. Era una máquina precisa y eficaz de matar. Era un asesino perfecto y riguroso. Nunca dejaba cabos sueltos.

Es curioso que la mayor parte del entrenamiento la recibiera de mi propio padre, si bien lo superé con creces ya que él solo había desarrollado la fuerza bruta pero poco la inteligencia.

Lamenté profundamente tener que matarlo cuando intentó enfrentarse a mí. De todos modos él se sentiría orgulloso.

Como dije al principio, me convertí en un líder, el mejor que nunca ha tenido el grupo y gracias a mis asesinatos mantengo la paz en la zona. Al fin y al cabo es lo que se espera de mí, un joven león.

DON HUBERTO

Un hombre pasea tristemente por la playa de la Concha. Esta estampa no llamaría la atención si no fuera porque está lloviendo a cántaros y es el mes de noviembre. Lleva un gran maletín negro y un pequeño paraguas del mismo color, de esos que venden los chinos y que se dan la vuelta con el primer golpe de aire que les da.

No está reflexionando sobre su vida ni sobre nada en especial ya que es hombre poco reflexivo; sencillamente está esperando que abran las farmacias de la zona para empezar a visitar clientes. Tampoco le apetece quedarse en la soledad de la casa de huéspedes donde se aloja.

En un momento, el pequeño paraguas que lleva pegado a la cabeza a modo de sombrero, sale volando y él lo mira alejares con la misma cara que si le hubieran arrebatado la dentadura desde dentro de la boca. El agua le chorrea como si le cayera de un canalón. Se sacude como un animal. Comienza a tiritar y decide que si no quiere coger una pulmonía es mejor esperar en un bar agarrado a un café calentito.

El sujeto de esta escena casi surrealista se llama don Huberto.

De su época gloriosa a don Huberto, solo le queda el "don", de lo contrario sería Huberto a secas.

Fue un hombre prepotente y egoísta que nunca valoró ninguno de los pequeños detalles que la vida le dio. Presumía de haberse hecho a sí mismo, aunque a juzgar por los resultados está claro que se hizo mal. La estupidez congénita le impidió comprender que nadie se hace a sí mismo absolutamente solo.

Don Huberto trabajó duro en la vida para fastidiarlo todo y ahí si podríamos reconocer que tuvo un gran éxito.

Tuvo un pequeño laboratorio farmacéutico que contaba con un número considerable de empleados a los que consiguió dejar en paro al suspender pagos y posteriormente quebrar, por su buena gestión de hacerlo todo por sus cojones, sin escuchar a nadie, pasándose por el forro las advertencias del mercado y las circunstancias del momento.

Tuvo una esposa e hijos para los que nunca hubo un buen modo. Todo era poco para él, nada de lo que pudieran hacer o decir tenía el más mínimo valor para el omnipotente y omnipresente Don Huberto.

La esposa, harta de coles, le puso un día las maletas en la puerta no sin antes darle la siguiente explicación:

"Mira Huberto, hay dos clases de hombres: los que hacen de una mujer que es una mierda, una princesa, y los que hacen de una princesa, una mierda. Bueno, pues tú eres de los de la clase B", y dicho esto cerró la puerta y no quiso volver a saber de él.

Gracias a los contactos con la empresa farmacéutica, le habían conseguido un trabajo de visitador de unos laboratorios y ahí estaba todavía dando palos y contando las grandes ventajas del Omeprazol como si fuera un vendedor de feria.

Hace quince días le han destinado a la zona del País Vasco y ha empezado la ruta en San Sebastián para no caer rápidamente en la depresión que le produce la visita a los pueblos. De todas formas el orden de factores no altera la ruina.

No le sienta bien tanta humedad a sus huesos, a sus casi cincuenta años, y sobre todo, no le sienta bien a su dignidad herida de hombre que ha tenido que doblar la testuz después de haberlo tenido todo; se ve a sí mismo como un mindundi.

Ha terminado su trabajo por hoy y decide volver a la pensión porque nota que la caladura del mediodía le está empezando a pasar factura. Se encuentra destemplado y no puede permitirse el lujo de ponerse enfermo y tener que retrasar la ruta prevista.

Compra unos bollos y un poco de leche para cenar y vuelve a caminar bajo la lluvia pero esta vez ya sin paraguas.

Cuando llega a la pensión y toca el timbre parece un perro de aguas, con todas las aguas encima y sin perro que le ladre.

Doña Rosa se asusta de la palidez que trae don Huberto y le recomienda que se dé una ducha caliente mientras ella le calienta la leche y se la lleva al cuarto.

Cuando le lleva la leche don Huberto se lo agradece y le dice que si tiene cosas que hacer, que por él no se preocupe, que va a cenar en el mismo cuarto y se va a acostar porque cree que se está poniendo enfermo. Se despiden y éste cierra la puerta.

Doña Rosa es la dueña de la pensión. Es una mujer menuda y con una edad indefinida entre los sesenta y cinco y setenta, o igual podrían ser cincuenta muy maltratados. Amable y reservada, nunca intima demasiado con sus huéspedes ni aunque sean de larga estancia.

Don Huberto pasa los pedidos en su portátil y cuando ya la nariz empieza a ponerse como un pimiento y se nota el pecho como si tuviera un gato dentro, apaga la luz y se duerme.

Le despierta un ruido extraño, como de arrastre. Mira el reloj de la mesilla y comprueba que son las tres de la madrugada. Se levanta un poco asustado y abre discretamente una rendija en la puerta: comprueba que doña Rosa arrastra a su cuarto un pequeño baulito de esos de cuero repujado.

No sabe qué hacer, si cerrar la puerta y volver a dormir o salir al pasillo simulando que va a por un vaso de agua, por si alguien le pilla fisgoneando. Decide por supuesto fisgonear porque sabe que la curiosidad no le dejaría dormir.

Sale al pasillo en calzones para que todo sea mas natural y ve que doña Rosa está tan afanada con su pequeño cofre que ha dejado la puerta de su dormitorio un poco entornada, lo cual le facilita el cotilleo.

Con el silencio de un gato se pega a la puerta y ve el cofre abierto donde la casera está guardando un paquete del tamaño de un ladrillo, pero también ve que dentro hay un montón de fajos de billetes. La casera cierra el cofre y lo esconde en un hueco del parquet de debajo de la cama y lo cubre con una pequeña alfombra.

"¡Joder con la vieja, como se las gasta! Confía en el banco lo mismo que en una serpiente pitón", piensa mientras tanto.

Justo está pensando en volver a su cuarto cuando suena el timbre. La casera mira descompuesta hacia la puerta y se levanta a toda prisa. Va hacia el pasillo pero a don Huberto no le da tiempo a volver a la habitación, a menos que choque con ella, y huye hacia la cocina lo más rápido que puede y se esconde, con el corazón como una máquina a vapor, dentro de una pequeña despensa.

Mientras está en la despensa piensa que no es normal que alguien llame a las tres pero si es algún huésped que viene borracho y ha perdido las llaves, doña Rosa lo llevará al cuarto y todo terminará rápido y él podrá volver a dormir.

En estos pensamientos está cuando se enciende la luz de la cocina y por la cerradura puede ver que han entrado la casera y dos tipos de aspecto mal encarado que discuten acaloradamente. No llega a oír muy bien de qué va la historia pero ve que la discusión sube de tono y que doña Rosa agarra un cuchillo de cocina de los de trinchar pollos, y marranos si se ponen por delante, y amenaza al más alto de los dos.

Doña Rosa no ha tenido ninguna oportunidad, siendo como es de natural menudo. Su cuello se ha quebrado como un palillo en las manos de ese tío que parece un armario de tres puertas.

El horror le tiene inmovilizado y hubiera sido lo mejor seguir así, inmovilizado, pero ahora el cuerpo actúa por su cuenta, no tiene control de él, se ha debido activar el piloto automático y todas las respuestas van en su contra.

Para empezar, se le han aflojado las piernas y el vientre, y de la despensa sale una tremenda ventosidad que le delata.

Por si eso fuera poco, se ha caído medio mareado contra el interruptor de la despensa y se ha encendido la luz, para dar más datos a los que están fuera.

Cuando aquellos dos armarios abren la puerta de la despensa y aprovechando que reculan un poco del pestazo que sale, don Huberto sin mediar palabra y haciendo acopio de la poca fuerza que le queda, sale gateando entre sus piernas y corre como un gamo hasta alcanzar la puerta de la calle.

Una vez traspasada la puerta cae como un fardo, rodando desde el primer escalón hasta el rellano y allí se queda tumbado entre la consciencia y la inconsciencia.

Cagado de miedo pero inmóvil les escucha decir:

—Joder, lo que nos faltaba. ¿Qué hacemos con este *pringao*?

—Nada, qué vamos a hacer; éste está más fiambre que la mortadela. ¿No ves la hostia que se ha metido el muy gilipollas?

Cuando se marchan creyéndole muerto, se levanta hecho unos zorros. Le duele todo, está mareado y le sangra la nariz pero sube a la casa, se lava con agua fría, se viste, va a por el pequeño cofre y sale por pies.

No piensa quedarse allí a contarle a la policía lo que ha pasado, y mucho menos sabiendo que en cuanto en el periódico salga la noticia y los maleantes vean que solo hay un cadáver y un testigo suelto, van a ir a por él.

Duerme en el coche a kilómetros de San Sebastián, en medio del campo. Está pelado de frío. Enciende un rato la calefacción y, de paso, se toma medio muestrario de farmacia porque el dolor de todo el cuerpo lo está matando.

Se arrebuja en el asiento todo lo que le permiten sus maltrechas articulaciones y se dispone, si no a dormir porque el estado de agitación no se lo permite, sí a descansar un poco.

Debido al cóctel de pastillas que ha engullido para todo, se encuentra en un estado de relax similar al de haberse fumado un porro.

Espera emocionado ver aparecer en el horizonte los primeros colores rosáceos de la mañana pero esos ansiados colores no aparecen; en su lugar surgen unos tonos gris plomo que no presagian nada bueno.

Ya ha amanecido. Ni ha dormido ni se le ha pasado el dolor pero tiene que seguir adelante. Durante la vigilia ha tomado la decisión más importante de los últimos años: va a volver a su casa, a lo que fue su hogar, o por lo menos va a intentarlo. Espera comenzar una nueva vida con el dinero del cofre y su trabajo; si su ex- le quiere dar una nueva oportunidad piensa aprovecharla.

Es la primera vez en mucho tiempo que tiene sensación de que las cosas pueden ir bien en su vida, que es posible cambiar.

Conduce unos kilómetros y ve a lo lejos un control de policía.

El control está colocado porque en Rentería han puesto un explosivo en un banco y buscan etarras, pero eso no lo sabe don Huberto que va *groggy*. Se agobia y se aturrulla y no sabe qué hacer: si parar o no. Don Huberto, que es muy dado a las decisiones incorrectas, opta por lo segundo y cuando le están dando el alto acelera a tope, traspasa el control y sigue adelante, aunque cada vez más despacio, con las ruedas pinchadas. Mientras, la policía le cose a tiros. A la mañana siguiente aparece en primera plana del periódico una noticia en la que se puede leer:

"En un control antiterrorista fue abatido un peligroso traficante y asesino. En el momento del tiroteo el traficante, que opuso resistencia a la autoridad, tenía en su poder un kilo de coca de lo más pura y una gran cantidad de dinero sustraído a la dueña de la pensión en la que se alojó bajo una personalidad falsa, y a la que asesinó la noche anterior"

LOS MUERTOS SÍ CUENTAN HISTORIAS

Dicen que los muertos no hablan pero puedo asegurarles, desde mi experiencia de viejo notario, que los hay que pían como pollos desde sus tumbas reclamando lo que la vida les dejó sin pagar, que en la mayoría de los casos es venganza o justicia, y si no que se lo pregunten a Emilia, un caso singular de cómo vino a enterarse de la verdadera historia de su abuela porque la susodicha así lo quiso.

El espíritu de la abuela debió rebelarse en el más allá y un buen día decidió que había aguantado una vida dura, pero que no podría soportar la injusticia toda la eternidad; eso era demasiado tiempo.

Qué chunga podía llegar a ser la vida, pensaba Emilia. Para entender eso solo hacía falta ir al centro comercial un sábado por la tarde y especialmente de verano. No sé pero el calor, y más, si es calor sureño que seca la ropa y las gargantas en un *plis-plas* tiene eso: que va crispando los nervios y causando estragos en el ánimo.

Los niños que iban con las parejas de papás primerizos berreaban porque querían tocarlo todo y no les dejaban. A su vez, las parejas que se juraron amor eterno y dedicación exclusiva caminaban cada uno por su lado echando chispas y cabreados.

Como resultado de esto terminaban pegando al cachorro. Ese pobre cachorro tan deseado cuando aún no estaba en el mundo y después, saco de frustraciones de papá y mamá. En fin, que salían todos del súper como tres por dos calles: el niño con el culo como una bota y los papás al borde del divorcio. Menos mal que Emilia se había quedado soltera, como su abuela y su madre.

Le gustaban los niños y los animales; los ancianos no tanto porque consideraba que, aunque puedan parecer adorables tenían un pasado y ella no lo conocía. Para ella todo el mundo después de los doce años tenía un pasado.

Estas reflexiones ocupaban la mente de Emilia en el súper mientras cogía productos de las estanterías y los arrojaba de mala gana en su ya desbordado carrito cuando en ese momento sonó su móvil.

La llamada procedía del registro del cementerio de San Lorenzo de la Parrilla, pueblo natal de la familia.

Le comunicaban que debido a las últimas lluvias torrenciales, las partes más antiguas del cementerio se habían hundido y dejado al descubierto una antigua fosa que pertenecía a su abuela y que, como habían descubierto en los restos de la abuela algo extraño, requerían su presencia para aclarar esa situación.

Quedaron citados para el lunes en las dependencias de los juzgados de Cuenca que fue lo que más extrañó a Emilia, pero como no le dieron más explicaciones, no hubo lugar a réplicas ni a preguntas.

Lo curioso del caso era que su abuela, mujer longeva, había fallecido hacía solo diez años y no estaba enterrada en la parte antigua del cementerio del pueblo. Su madre, que había fallecido bastante antes que su abuela, tampoco lo estaba, pero podía ser un lío de los que se organizan en un caso así.

El lunes llegó a los juzgados dispuesta a solucionar los trámites lo más rápido posible y volver a Madrid en el mismo día pero, cuál sería su sorpresa cuando le dicen que el nombre que figuraba en el registro era *María Lara*.

¡María Lara, su verdadera abuela de la que había llegado a olvidar el nombre!

A quien Emilia conoció siempre como su abuela era Cecilia Pardo, quien se hizo cargo de su madre, haciendo las veces de madre adoptiva y más tarde al nacer ella, de "abuela adoptiva".

–¡Mi abuela María! ¡La verdadera madre de mi madre de la que apenas oí hablar en casa y nunca supimos dónde estaba enterrada! Cosas de la postguerra, y mira tú por dónde ahora de esta forma peculiar retorna de entre los muertos.

Emilia no estaba preparada para este acontecimiento familiar. Una no se encuentra todos los días con dos abuelas maternas y aún así cuando asimila la situación le espera todavía una nueva sorpresa.

Un funcionario con aspecto de lo mismo le explica amablemente que el hecho de avisarle es un trámite burocrático ya que alguien tendrá que hacerse cargo del nuevo proceso de inhumación y no hay parientes vivos excepto ella. Lógicamente debe comprender que a estas alturas, todos los contemporáneos de la citada María Lara son difuntos.

Emilia se extraña de tanta vaguedad e intuye que hay algo más que le cuesta trabajo decir y que está dilatando en exceso su vuelta a Madrid, por lo que le ruega que ya sin más rodeos le diga lo que está sucediendo.

Se queda de piedra cuando le cuentan que al sacar la caja de la fosa se encontraba en tan mal estado que se había roto y que, además de los huesos de la abuela, había aparecido pegado a ella un pequeño esqueleto, que al ser examinado ha resultado corresponder al de un feto de siete meses de gestación y que, tanto la mujer como el feto, presentan agujeros de bala de lo que sin duda podría ser un fusil.

Emilia no consigue entender lo que está escuchando ni lo que quieren de ella pero le indican que el caso se va a cerrar ante la imposibilidad de iniciar cualquier tipo de investigación.

También le informan que si se desentendiera de la nueva inhumación, cosa que no les extrañaría, y una vez terminados los trámites, los huesos serían enviados a una fosa común.

Emilia, aún aturdida, les dice que de ninguna manera, que en el mismo cementerio tienen un panteón familiar en el que están enterradas su madre y su otra abuela y que será depositada allí cuando todos los trámites estén cumplidos. En el juzgado quedan en avisarle cuando se vaya a realizar el traslado, que será en pocos días.

Emilia vuelve a Madrid en un estado de agitación inusual en su vida muelle. Va pensando en el poco interés que ponemos en conocer las historias de nuestra propia familia, aquello tan manido de ¿quiénes somos?, ¿de dónde venimos? Nunca ha preguntado quién era su padre pero por lo que se da cuenta ahora, tampoco sabe mucho de su madre, de su abuela adoptiva, ni de su otra abuela, la verdadera, aparecida ahora rodeada de una nube de misterio. ¡Maldita característica de la juventud que nos convierte en analfabetos familiares!

Pasados cuatro días vuelve a recibir noticias del juzgado: Van a trasladar los restos y ella tiene que estar presente, elegir la caja y ocuparse de los preparativos.

Viaja de nuevo a Cuenca y se instala en un pequeño hotel cerca de los juzgados. Durante la tarde ha ido arreglando todo, incluso ha comprado una pequeña corona en señal de respeto; aunque no conoció a la difunta le parece lo correcto.

Se retira temprano al hotel porque el día siguiente será duro y penoso y el viaje a San Lorenzo no es que le haga mucha ilusión; ya hace mucho que no tiene contacto con el pueblo. Esa noche no duerme bien, se despierta continuamente y tiene extrañas pesadillas en las pocas ocasiones en que puede conciliar el sueño. Siente a su alrededor una vibración extraña, algo no anda bien; quizá sean solo paranoias pero escucha continuamente murmullos.

A la mañana siguiente, cuando llega al pequeño cementerio del pueblo, el encargado sale a recibirla muy alterado y pidiendo mil perdones. Le explica que el día anterior, retirando la pesada lápida del panteón familiar se les ha caído dentro de la fosa: a la piedra no le ha pasado nada pero la caja en la que se encontraba Cecilia Pardo(su abuela adoptiva) se ha partido. Han tenido que sacarla fuera de la caja y esto va a retrasar el enterramiento un día, hasta que puedan poner una nueva. Por supuesto, los nuevos gastos correrán a cargo de ellos y no debe preocuparse ya que las dos difuntas han quedando depositadas allí mismo en la capilla hasta el día siguiente.

Emilia no está pensando en los gastos, sino en qué más puede pasar, o en qué está pasando: todo es muy extraño.

"Las dos abuelas juntas", piensa Emilia, mientras el encargado añade:

—Por cierto, los operarios han encontrado esto en la caja de su abuela —y le entrega una especie de portafolios de cuero raído. Emilia lo coge con cierto reparo, lo mete en una bolsa y se vuelve, completamente abatida, al pequeño hotel de Cuenca del que salió por la mañana.

Es como si no se quisieran dejar enterrar —piensa Emilia. Tiene la sensación de llevar enterrando a su familia toda la vida.

Hace un poco de turismo por Cuenca, cena algo ligero y vuelve al hotel. Quiere descansar porque dadas las circunstancias no sabe lo que le espera mañana.

Se acuesta y vuelve a tener la misma extraña sensación de la noche anterior, las mismas pesadillas. Hay algo en el ambiente que no le permite conciliar el sueño, vuelve a oír los mismos murmullos.

De pronto, como si le hubieran empujado con un resorte, se acuerda del portafolios; se levanta y lo saca de la bolsa.

Dentro hay un sobre lacrado en el que aún puede leerse claramente en la parte delantera: "Entregar a mi querida nieta Emilia Lara".

¡Joder qué susto se ha llevado! Lo abre con cuidado como si fuera a saltarle a la cara y dentro encuentra un cuaderno manuscrito que parece una especie de testamento vital; se sienta dentro de la cama y empieza a leer.

"Querida nieta: Te dejo aquí escrita la verdadera historia de tu familia, en la que yo he tenido mucho que ver a pesar de no ser tu verdadera abuela.

Siento que mi fin está cerca, cosa que deseo desde hace mucho tiempo porque han sido demasiados años de cargar con esta culpa que me ha devorado y que con el tiempo, se ha convertido en una pesadilla; si no te lo explicara me revolvería en mi tumba eternamente.

Tu abuela María y yo éramos vecinas y amigas del mismo pueblo, incluso diría que grandes amigas hasta que apareció en nuestras vidas Carmelo, tu abuelo.

Carmelo fue mi novio hasta que un aciago día de Navidad se organizó una fiesta en el casino.

María, que se había quedado huérfana de madre a una edad muy temprana, era mujer poco dada a las fiestas y diversiones que se organizaban, pero aquel día a instancias de su padre, que veía como su hija se iba marchitando en plena juventud, hizo de tripas corazón y se acercó con él al casino.

Sobra contar que desde ese día me quedé sin novio y sin amiga y comenzó para mí la odiosa carrera de solterona que comenzaba en los pueblos una vez que el novio te dejaba, porque ya ningún otro hombre te volvía a mirar. Es como si fueras ya mercancía rota.

En mi interior se abrió un pozo de odio hacia María que se fue alimentando de su felicidad. Era consciente de ir convirtiéndome en un saco de veneno. Muy tarde comprendí que el veneno solo perjudica a quien lo lleva dentro y si no eres capaz de drenarlo, termina por corroerte.

A los dos años del noviazgo murió el padre de tu abuela María y ésta ya sin ataduras en el pueblo, accedió a la petición de Carmelo de casarse e irse a vivir a Madrid para abrirse camino en algo que no fuera el campo.

Se casaron en el pueblo, en una ceremonia a la que solo asistieron unos pocos vecinos. Yo asistí para regodearme de su miseria y salí de allí sintiendo que la única miserable era yo.

Con su marcha las aguas volvieron un poco a su cauce, aunque yo nunca volví a ser la misma. En aquel pueblo ya estaba marcada de por vida, condenada a renunciar al amor.

De vez en cuando María me escribía y me contaba cómo iban las cosas por Madrid. Y las cosas no iban bien, para mi infinita alegría.

Los tiempos estaban revueltos y Carmelo no andaba bien de salud, eso sí, eran muy felices y ella estaba embarazada: la noticia me sentó como una patada en el alma.

Después estalló la guerra, la peor de las guerras, porque luchaban hermanos contra hermanos y padres contra hijos. A Carmelo lo enviaron al frente, donde murió no por las balas amigas o enemigas, sino de tuberculosis en un hospital de campaña cerca de Zaragoza.

Y así fue como María volvió al pueblo, al único sitio que podía volver. A la pequeña casa familiar donde ya no había nadie, sin nada en las manos más que su pequeña hija de un año.

Yo sentí la muerte de Carmelo pero por otra parte creí estallar de felicidad. Ahora las circunstancias eran otras: yo era la fuerte y ella la que necesitaba de todos; no tenía intención de hacerle la vida fácil.

María no necesitó nada de mí. Era una mujer resuelta: montó un pequeño huerto que le daba lo necesario para no morirse de hambre y poder cambiar algo por leche y pan.

Al pueblo habían enviado a un cura joven cuando murió el anterior. Don Anselmo se llamaba el nuevo cura y, bien porque la vio tan desvalida con una criatura tan pequeña, o bien porque María era una mujer joven de muy buen ver, a pesar de todo lo que había pasado, le encargó las tareas de la limpieza de la parroquia y de su propia casa.

Don Anselmo se encariñó mucho con la pequeña...y con la madre, y María, que necesitaba sacar a su hija adelante, comenzó discretamente a hacer algo más que las tareas de limpieza en casa del cura.

El tiempo pasaba y las cosas no habían salido según mis deseos. María iba criando a su pequeña hija y yo, cada vez más llena de veneno, seguía siendo la solterona del pueblo.

La guerra terminó y lo que vino después fue igual de cruel o más, porque los muertos de la posguerra fueron víctimas de odios intestinos que nada tenían que ver con los ideales, sobre todo en los pueblos, donde las denuncias estaban ligadas a cuestiones personales.

Yo, como tantos otros de la época, aproveché esta circunstancia en mi favor y denuncié a tu abuela María por roja.

La acusación se basó en el hecho de que el marido había luchado en el bando de los que *perdieron, suponiendo que alguien ganara en aquella guerra infame y fratricida, y que después de enviudar ella había venido a refugiarse al único sitio donde no la buscarían.*

Mi intención era solo alejarla del pueblo para así poder recuperar parte de mi vida, pero el tema se me fue de las manos. Debí darme cuenta que en aquel momento solo imperaba la barbarie, que mi odio solo era un grano de arena comparado con el que circulaba por el resto de España.

Y así fue como una madrugada, sin más investigación ni posibilidad de defenderse, la sacaron de su casa a empellones y la subieron a una carreta junto a Manolo el herrero, que siempre había sido un rojazo.

Cuando me avisaron de lo que estaba pasando, en mi desesperación y dándome cuenta de lo que se avecinaba, me vestí y salí corriendo como alma que lleva el diablo en pos de aquella carreta mortuoria, pero por venganza del destino, solo llegué a tiempo para oír los gritos desgarrados de María que el pelotón tomaba por gritos de miedo.

En realidad supimos en ese mismo momento que aquellos gritos eran de parto; un parto adelantado por el terror.

María, congestionada por el esfuerzo, intentaba avisar para detener aquella locura, pero no hubo manera. Ellos gritaban más fuerte, estaban sedientos de sangre y solo callaron después de disparar, cuando vieron que por debajo de los faldones de María se descolgaba un bulto que chocó pesadamente con la tierra.

Se alejaron espantados dejando los tres cuerpos allí mismo donde habían sido abatidos.

Yo me acerqué cuando desaparecieron. Me senté en el suelo abrazada a aquel pequeño cuerpo sin vida y lloré hasta que no me quedaron lágrimas.

Regresé despacio al pueblo y avisé a don Anselmo, el cura, que al momento vino conmigo al lugar del suceso. Cuando vio la escena su cara se puso del mismo color que la de los cadáveres que allí se encontraban.

Esperamos que se hiciera de noche y, ayudados por una carretilla, nos trajimos los cuerpos de madre e hijo hasta la sacristía de la iglesia, los colocamos dentro del catafalco que don Anselmo usaba para las misas de difuntos y los enterramos antes de que amaneciera.

A la mañana siguiente don Anselmo hizo inscribir a María en el registro del cementerio; nadie le preguntó nada. Como era el cura todo quedó en el más absoluto anonimato.

En el pueblo, porque siempre hay filtraciones, se supo lo de María con el cura. Nunca se supo lo del embarazo; esto solo quedó entre don Anselmo y yo.

Dos meses después don Anselmo apareció ahorcado en la misma sacristía donde una noche velamos los dos cadáveres: no pudo soportar el peso de su conciencia.

La gente del pueblo interpretó este suicidio como remordimientos del cura por haberla denunciado, siendo su amante, para sacarse el mochuelo de encima.

Nada más lejos de la verdad. Don Anselmo estaba verdaderamente enamorado de María, hasta el punto de cuestionarse su vocación, y nunca María le llegó a decir nada del embarazo.

Yo, por mi parte, dejé que el pueblo especulara como quisiera porque para entonces, todo el odio que había sentido por María se había vuelto contra mí y hubiera hecho lo mismo que el cura si no fuera porque la pequeña hija de María, tu madre, debía seguir viviendo. Alguien tenía que ocuparse de ella y quién mejor que una solterona de pueblo bien situada.

Y así fue como el destino nos ató para siempre a María y a mí. Me vi criando a la hija de la persona a quien había denunciado sin poderme quitar de en medio, como hizo el cura, expiando mi culpa para toda la vida. Fue una crueldad que me tenía merecida.

He esperado el momento de mi muerte desde aquel trágico día, pero el diablo me dio una larga vida para poder reírse a gusto.

Ahora siento que por fin podré descansar."

A la mañana siguiente, cuando Emilia volvió al cementerio y vio sacar las dos cajas, supo que las dos abuelas habían tenido toda la noche para saldar sus cuentas y que por fin era el momento de que descansaran en paz.

A su vuelta a Madrid, Emilia llegó a la conclusión de que en los cementerios hay tanto silencio porque los muertos descansan en paz, porque de lo contrario ¡Bonitos son ellos para callarse!

¡AY CARMELA!

Es viernes por la mañana y como todas las mañanas, Carmela se levanta, desayuna, el metro, las prisas... Pero como se termina la semana de trabajo las incomodidades se vuelven más cómodas; es lo que tiene la proximidad del fin de semana.

A media mañana recibe la llamada de su amiga Vicky que entre llantos y mocos le cuenta que sí, que esta vez está segura, que su pareja se la está pegando con alguna o varias pelanduscas.

Su amiga está pasando por una de esas rachas que pasan casi todas las parejas y que en un porcentaje muy alto acaban en divorcio.

La teoría de Vicky acerca de su marido y de las supuestas pelanduscas se basa en el hecho, primero, de que él se escaquea con una u otra excusa varias noches al mes y, segundo, que esa mañana al colgarle los pantalones y casualmente, en un registro a fondo de los mismos, ha aparecido una propaganda de lo que ella supone que debe ser un puticlub de las afueras de Madrid.

Vicky le ha pedido a su íntima amiga, entre más llantos y más mocos, que se pase con cualquier excusa esa noche por el *garito* para confirmar si el capullo del marido frecuenta esos sitios.

Carmela ha consolado a su amiga lo mejor que ha podido ya que, si bien no tiene pruebas sobre las infidelidades del marido de Vicky, sí sospecha que es un poco díscolo.

La mañana ha ido pasando como pasan las mañanas de trabajo de un viernes, entre el sí y el no. Más por curiosidad que por ayudar a su amiga, esa noche de viernes Carmela ha decidido ir a la dirección que le ha dado Vicky, no sabe si para confirmar las sospechas o por tomarse una copa en un sitio diferente. Pero la cuestión es que piensa ir.

Probablemente porque él tiene carnet de conducir y coche, ha decidido embarcar en el lío a su novio, Bernardo.

Bernardo es buen chico, un poco soplagaitas, y más bien poquita cosa en casi todos los sentidos, cosa que beneficia a Carmela en todas las ocasiones.

En el trayecto piensa más de una vez que aquello no tiene ningún sentido, que ella no es ningún detective y que se va a retirar de semejante disparate, pero pensando y pensando, han llegado a la puerta del mismísimo local que, para su sorpresa, no es ningún puticlub de carretera; más bien es una especie de antro-tugurio de esos que proliferan en los sitios más insospechados de la geografía de cualquier lugar.

Lo que anima definitivamente a Carmela a entrar es el cartel de un concurso que se celebraba en el local esa misma noche y que se anunciaba como "La noche más sensual ".

Cuando entran comprueban que el interior hace honor al aspecto exterior: es un local bronco, con gente de lo más dispar y variopinta; mucho *friki* y la iluminación justa para no reconocer a tu enemigo si está a más de veinte centímetros de tu cara. En el centro del local hay una pequeña plataforma donde se va a celebrar el concurso.

El concurso consiste en efectuar un baile que puede ser en pareja o individual y con el acompañamiento de una música tipo *reggaetón* que caliente al personal de la sala, que por otra parte ya anda bien calentito, por lo que Bernardo y Carmela pueden ver.

El premio que ofrecen es un fin de semana en algún balneario de la costa.

Bernardo y Carmela se acercan a la barra y piden un matarratas con coca-cola para matar el tiempo y su hígado. Carmela decide que deben separarse para que la búsqueda sea más eficaz. En realidad no sabe qué busca, es más, no cree que vaya a encontrar allí al marido de Vicky pero necesita alejarse un poco de Bernardo.

Durante la búsqueda alguien le da un fuerte tirón del brazo y como resultado Carmela termina caída encima de las piernas de tres garrulos que se encuentran sentados en un rincón.

Los tres sujetos, que llevan un *pedal* encima de muerte, aprovechan para hacer una gracia: Le bajan un poco los pantalones y le palmean el culo muertos de la risa.

Cuando puede zafarse de los graciosos y con un cabreo que no se aclara, corre en busca de Bernardo que está en la otra punta del local. No le cuenta lo que ha ocurrido porque la mala hostia que tiene no se lo permite, porque no quiere aguantar los sermones de Bernardo y porque cree haber reconocido que uno de los tres garrulos es el marido de Vicky, y en ese estado le dice a Bernardo que se van de allí.

Justo cuando están a punto de marcharse comienza el concurso. Varias parejas y algunos solitarios se afanan a ritmo de *reggaeton* en la plataforma, cada cual haciendo los movimientos más obscenos que pueden aunque no llevan el ritmo: Todo vale si la sala se caldea.

Los ojos de Carmela se centran en una chica que baila torpemente disfrazada de gótica y pálida como la luna. Por un momento se le cruza por la cabeza que eso es lo que ha venido a buscar, aunque al momento lo descarta por estrafalario.

Decide quedarse un rato para ver cómo evoluciona el concurso.

A su espalda oye las críticas y las risas de algunos clientes sobre el baile de la solitaria gótica. Unos segundos más tarde empieza a oír los silbidos y, sin saber por qué, la sangre se le empieza a subir a los ojos (los mataría con la mirada) pero como no se ven las caras es imposible que eso ocurra.

Sabe que Bernardo se cabreará pero, de pronto, le suelta el bolso tipo maleta que carga a cuestas y de un salto sube a la plataforma, se coloca detrás de la gótica, la aferra fuertemente por la cintura y le susurra al oído: "Solo sígueme".

La chica, un poco confusa, obedece y continúan bailando. Carmela le pasa suavemente los labios por el cuello, sus manos suben y bajan dibujando el contorno de la muchacha; acaricia sus pechos, sus muslos. Sus caderas se acoplan al ritmo como si la música existiera sólo para ellas. Cuando están de frente se miran a los ojos y el baile se convierte en una danza frenética y sensual.

La sala se ha quedado en silencio, ya nadie se ríe o abuchea; el ambiente ha subido de temperatura y hasta las parejas de la plataforma han suspendido su baile para mirarlas.

Cuando cesa la música, el público, tras unos segundos de expectación estalla en aplausos. Ya saben quién son las ganadoras aunque a Carmela no le importa en esos momentos el premio. Continúa mirando a su extraña pareja sin saber qué decir aunque sus ojos lo dicen todo.

Cuando Carmela abre la boca para preguntarle quién es, una alarma estridente rompe el silencio que se ha apoderado del local, impidiendo cualquier posibilidad de hablar.

Se ha disparado la alarma de incendios. Todo el mundo corre despavorido, la pareja de baile de Carmela está en el suelo empujada por las otras parejas y a ella la está sacando Bernardo a empujones.

Se niega a marcharse mientras no encuentre a la chica pero ya no es dueña de sus actos. La empujan de un lado para otro y lo único que puede oír es esa sirena machacona que no cesa y no cesa... hasta que finalmente la despierta.

¡Puto despertador! Lo coge y lo estrella contra el suelo.

Es viernes por la mañana y, como todas las mañanas, Carmela se levanta, desayuna, el metro, las prisas...Pero ahora no tiene la perspectiva del fin de semana: algo ha cambiado.

Trabaja sin ilusión. ¿Por qué todo ha tenido que ser un estúpido sueño? Le parece increíble. Todo era tan real, tan vivido.

A media mañana ha recibido la llamada de su amiga Vicky que, entre mocos y llantos, le cuenta que en un registro en los pantalones del marido ha encontrado la propaganda de lo que ella piensa que es un puticlub de las afueras de Madrid.

Carmela la ha consolado como ha podido porque sabe que el marido es un crápula y le ha colgado rápidamente, con la adrenalina disparada.

Carmela no cree en las meigas pero, por si acaso existen, ha hecho una llamada y ha roto con Bernardo.

Esta noche va a ir al tugurio ella sola a buscar al marido de Vicky.

LA METASAPOSIS

En la actualidad Ranuy de Saparal descansa sumergida para siempre bajo las aguas del Brisla pero hace mucho, mucho tiempo, cuentan las crónicas que era una preciosa villa del valle de Lemoroy.

Los imponentes muros de la presa de Osat cerraban el valle por el norte protegiendo a sus habitantes de la furia del río Brisla y convirtiendo Ranuy en un maravilloso vergel. La leyenda sobre la desaparición del pueblo está basada en una trágica historia.

Ranuy tenía un pequeño número de habitantes regido por una insoportable princesa, loca por contraer matrimonio y engendrar un pequeño vástago que la sucediera en la regencia.

Se habían presentado como candidatos a su mano los pocos príncipes de las zonas colindantes capaces de soportarla, a los que ella había despreciado sistemáticamente.

Cerca de la villa se encontraba la laguna de Trebes, a la que todos los lugareños atribuían mágicas historias y sucesos que contaban alrededor del fuego en las noches de tormenta. Allí vivía Roy.

Roy era un precioso sapo que pertenecía a una antigua estirpe de valerosos batracios que poblaba la laguna cercana a Ranuy. Se encontraba en su mejor momento: era feliz, rebosaba salud y audacia, era un gran aventurero; todo en él respiraba virilidad sapera.

También su comunidad se reunía en las noches de luna llena para croar historias sobre los terribles seres que poblaban los alrededores de la laguna y croaban, cómo algunos sapos temerarios que se acercaban demasiado a tierra, eran secuestrados por esos monstruos para nunca volver.

Roy no prestaba demasiada atención a estas historias contadas por los sapos más ancianos y no porque fuera poco respetuoso con sus mayores, sino porque le parecía imposible que en aquel maravilloso lugar donde era tan feliz pudiera ocurrir nada malo. Era una comunidad tranquila y sin grandes sobresaltos.

Poco sabía Roy que lo que estaba a punto de suceder cambiaría el rumbo de su vida para siempre.

Era una preciosa noche de Mayo. Había salido una inmensa luna llena de color marfil que se había ido tornando pálida a medida que se elevaba en el cielo. Se habían encendido todas las luciérnagas. Los árboles susurraban una bella melodía mecidos por la suave brisa primaveral. Los grillos cantaban sus historias acompañados por los violines de las cigarras. Las cristalinas aguas de la laguna reflejaban un doble cielo en su superficie. Era una noche cálida de las que no invitan a recogerse: era una noche mágica.

¡Qué bonito era todo en esa época del año!, pensaba Roy mientras contemplaba embelesado el escenario que tenía ante sus ojos.

En estas estaba Roy cuando notó que algo se aproximaba a su espalda desde la tierra. No tuvo tiempo de defenderse: antes de que pudiera darse cuenta ya estaba en las garras del ser más repugnante que su mente podía soñar en una noche de pesadillas.

Era un ser largo, de un color lechoso repugnante; el tacto de su piel era áspero y seco, sus ojos eran del mismo color azul vidrioso que había visto en algunos peces de la laguna;

de la parte superior le caían a ambos lados de la cabeza una especie de lianas de color amarillento y su boca se movía continuamente haciendo además de succionarlo.

Roy, que no era un cobarde, luchó por zafarse de aquella espantosa criatura pero sus fuerzas empezaban a flaquear. No tenía nada que hacer: mientras él ya se encontraba exhausto aquel animal le mantenía sujeto sin ningún esfuerzo. Por su cabeza pasó en un segundo toda su vida. ¡Había sido tan feliz! Lamentó no poder despedirse de todos los seres a los que había querido.

Roy se abandonó a su suerte. Esperaba ser devorado pero en aquel instante, sucedió algo que le pareció aun más espantoso que la propia muerte: aquel animal acercó su boca a la de él y le dio un beso que se le hizo eterno y repulsivo.

En ese momento comenzó a sacudirse, su cuerpo se convulsionaba sin cesar, todos los huesos comenzaron a crujir y a descolocarse. Sufría unos calambres que amenazaban con paralizar su corazón. El dolor era tan intenso que incluso llegó a pensar si no estaría siendo devorado realmente y aquel dolor era la consecuencia. Estaba consciente. No había sangre. Quería creer que la muerte no podía llegarle de una forma tan grotesca. Analizó los datos a toda velocidad y se dio cuenta que estaba sufriendo una transformación: ¡Era una metamorfosis!, pero no como la que experimentó de pequeño sino una mucho más acelerada y cruel.

El dolor fue cesando lentamente y se encontró tirado en el suelo intentando reunir fuerzas para escapar como fuera.

Se acercó reptando hasta el borde de la laguna y al llegar se miró en el agua para comprobar con horror que era igual de repugnante que el ser que le había atrapado, con algunas diferencias, pero de la misma especie.

Del Roy que había sido antes tan solo quedaban sus preciosos ojos saltones.

No sabía qué hacer. Quiso croar con todas sus fuerzas pero de su garganta sólo salieron unos sonidos que hicieron que se le helara la sangre.

Ahora entendía perfectamente el lenguaje de aquel animal que se encontraba frente a él, le estaba diciendo con una voz increíblemente chillona que no se asustara (como si eso fuera posible) que ella era la princesa de aquellas tierras y él tenía la suerte de haber sido el elegido para ser su consorte: había sido presa de un encantamiento y ahora le pertenecía.

Terminada esta explicación, Roy, sin pensarlo dos veces, se tiró de cabeza a la laguna para comprobar con tristeza que ya nada era igual.

El cuerpo le pesaba terriblemente, había perdido la agilidad, todo lo que conocía ahora era distinto, su familia huía despavorida a esconderse de él, los peces le mordisqueaban los dedos y sobre todo, y lo más espantoso, no aguantaba debajo del agua; a punto estuvo de perder el conocimiento y habría muerto en su querida laguna si aquella bruja de pelos descoloridos no lo hubiese rescatado.

Resignado, Roy se marchó a su pesar con semejante avechucho, pensando que lo mejor era mantener la calma y averiguar cuanto antes la forma de deshacer aquel maldito encantamiento.

El tiempo pasaba y aquella a quien todos llamaban bella princesa y que para él solo era su terrible carcelera, se negaba a confiarle el secreto para anular el conjuro en tanto Roy no pasara por su alcoba y consumara su unión, cosa a la que Roy no estaba dispuesto por más que ella insistía y amenazaba.

Mientras tanto, Roy languidecía lentamente. Su piel se secaba con facilidad y pasaba el día soñando con la noche para volver a la laguna y oír el canto de las ranas, darse un baño desnudo y sentir la humedad sobre su piel.

Así pasaban las horas y los días y los meses, y fueron pasando hasta que un día Roy decidió que si para conocer el secreto debía pasar por la alcoba de la princesa, lo haría. La princesa fue la que quedó encantada entonces, tanto que a la mañana siguiente cuando Roy, con lágrimas de alegría en los ojos, le pidió que le desvelara el secreto, se limitó a decirle: Lo siento Roy, pero por estos alrededores no hay mucho donde elegir y no me puedo permitir el lujo de perder un amante como tú; de manera que nunca te desvelaré el conjuro para que no te alejes de mí.

Fue un golpe tan duro para Roy que le dejó sumido en una terrible depresión.

Durante muchos días probó diversas fórmulas y conjuros que casi le cuestan la vida, pero sin ningún resultado positivo. Hasta que un día tomó una drástica decisión: ¡Terminaría con su sórdida existencia! y lo ejecutaría arrojándose con una piedra a la laguna para así terminar sus días donde los había empezado.

Fue entonces cuando le llegó la noticia de que la arpía esperaba un hijo suyo.

Esto cambio el rumbo de las cosas. La buena nueva le llenó de alegría y a la vez de tristeza. ¡Deseaba tanto comunicárselo a su familia, a sus amigos! Pero no veía cómo: toda posibilidad de comunicación quedó cortada la fatídica noche de su secuestro.

Durante los siguientes meses Roy vivió como en una nebulosa. Esperaba cada noche para volver a la laguna y contarle a las ranas lo feliz que le hacía tener un hijo, claro está que las ranas nunca le hicieron ni caso debido a que no entendían su lenguaje.

La que si entendió a su manera lo que estaba pasando fue la princesa que, loca de celos por las visitas nocturnas de Roy, mandó secar la laguna y atrapar todas las ranas y sapos que en ella moraban.

La mañana siguiente amaneció un radiante día de otoño en el que la princesa se sentía feliz, cosa que sorprendió a Roy pues siempre estaba malhumorada.

Mandó comunicar a su esposo que, dado lo cercano del parto, iban a organizar una gran fiesta para invitar a todos sus súbditos.

Roy siempre fue considerado un bicho raro para todos los habitantes de aquella villa pero quizás aquella era la ocasión de mostrarles su personalidad afable y cariñosa; conocerían al verdadero Roy.

Llegó el día señalado para la fiesta y Roy, ataviado con sus mejores galas, rebosante de una felicidad que hacía tiempo no sentía, bajó al salón de la cena, donde todo le pareció magnifico. El lugar era una explosión de colorido, las mujeres, igual que las mariposas que revoloteaban por la laguna, se encontraban ataviadas de vistosos colores. Las luces parecían grandiosas luciérnagas. En todas las mesas brotaban preciosos ramos de flores. El vino, que nunca había tomado, contribuyó a que todo, absolutamente todo le pareciera espléndido.

La noche transcurría plácidamente pero al llegar el segundo plato, le fue servido a los comensales una gran fuente de ancas de rana que degustaron con placer; todos, excepto Roy.

Había algo en aquel plato que le repelía, que le impedía comer.

Cuando Roy preguntó qué clase de carne era aquella, todos los comensales incluida la princesa, estallaron en una sonora carcajada que persiguió a Roy mientras bajaba enloquecido las escaleras que llevaban a las cocinas.

El espectáculo que se abría ante sus ojos era dantesco: tirados por encima de grandes mesas de madera y apiñados en barreños, yacían sin piernas los cuerpos de toda su familia, de sus amigos; todo su mundo había sido aniquilado.

Desde su estómago subió a su boca un sabor desconocido y amargo que se mezcló con el salobre del líquido que salía de sus ojos y corría a raudales por su cara. Fue la primera vez que lloró en su vida y lo hizo con una amargura infinita. Si algo le había enseñado su vida como humano, fue eso, a llorar. Una ira desconocida y salvaje se había instalado en su corazón. Su cabeza bullía con miles de ideas e imágenes de desolación y juró ante los cadáveres de su familia que aquello no quedaría así.

Se sentía consternado pero se dijo a sí mismo que debía ser paciente, no podía perder la calma; necesitaba tranquilizarse y pensar. No podía huir y dejar a su primogénito que estaba a punto de nacer en manos de aquellos monstruos. Ya había renunciado a recuperar su vida pero no destrozarían la de su hijo.

Aquella noche se desencadenó una terrible tormenta, tan grande como la que anidaba en el corazón de Roy. Parecía que el clima acompañaba su estado de ánimo.

Dos noches después, en las que no cesó de llover como si el cielo se fuera a derrumbar, la princesa, tras un extraño embarazo, se puso de parto. Entonces la que lloró a raudales fue ella, pues tras varias horas de un laborioso alumbramiento, nació un precioso sapo de tres kilos.

Roy oyó los gritos desgarrados de la princesa y cuando conoció el suceso corrió a toda velocidad a la alcoba. No se podía sentir más feliz y más preocupado a la vez. Miró la pequeña cara de su hijo mientras que su esposa se deshacía en llanto e instaba a la comadrona para que sacasen aquel engendro de su dormitorio. Roy se sintió invadido por una agitación y felicidad desconocida. Sus pequeños ojos saltones le miraban reconociendo a su progenitor y de su boca salían alegres y balbuceantes "croac". Volvería a ser el primero de aquella estirpe valiente que su propia madre había aniquilado.

Aquella misma noche huyó llevándose a su hijo por temor a que la princesa le matara; nadie mejor que él para saber lo que el pequeño sapo necesitaba.

No se sabe como ocurrió pero a la mañana siguiente se derrumbaron los muros de la presa y el valle quedó anegado por completo y convertido en un pantano donde reposan todos sus horribles habitantes.

Los más románticos dicen que el valle se inundó de tanto como lloró la princesa.

Otros dicen que fue la venganza de Roy y la necesidad de ofrecer a su hijo un lugar donde comenzar su vida.

Hay quienes cuentan que mucho tiempo después, en noches claras, se podía ver un apuesto príncipe croando a la luna en espera de una rana que viniera a darle un beso en los labios.

La verdad nunca se supo.

JEROME

Jerome es un gran piloto, un piloto infatigable. Hoy sobrevuela la presa en misión de reconocimiento. Lo hace casi todos los días desde que aprendió a volar. Lo hace desde que comenzó la maldita guerra que les hace vivir en un estado permanente de alerta.

No puede recordar cuándo empezó toda esta locura, ha sido así toda su vida y antes que la de él fue así la de su padre.

Jerome heredó el ansia de volar. Esa sensación de libertad no la cambiaría por nada en el mundo, en el fondo sabe que estas misiones son también su gran recompensa.

No sabe cómo fue el comienzo. No lo pueden recordar ni los más ancianos. Lo que sí saben es que las batallas han sido más cruentas cada vez. El arte de la guerra se perfeccionó a tal velocidad que pasó de ser prácticamente un cuerpo a cuerpo a las terribles batallas bacteriológicas en las que perdió la vida casi toda su familia, incluyendo a su padre, del que aprendió casi todo lo que sabe.

Hoy da por concluida su misión. Parece que será una noche tranquila. El sol se está poniendo y todo adquiere un tono rosáceo. Desde su posición tiene una vista espectacular, ha sido un día frío de finales de otoño y contempla embelesado todos los colores de los árboles. Se sorprende a sí mismo pensando lo cerca que pasa su vida del cielo y lo lejos que está de Dios. Se pregunta cómo ha sucedido, cuándo perdió la fe, cuándo dejó de creer en todo.

Quiere abandonar estos pensamientos que le atormentan y pone rumbo a la base y es en ese momento cuando le sorprende un viento rancheado que le desestabiliza completamente. Maniobra y trata de recuperar pero es imposible. No puede hacerse con el control y ha entrado en pérdida. Horrorizado, ve cómo entra en barrena y va perdiendo altura rápidamente sin poder hacer nada por evitarlo; ya no hay solución.

El impacto ha sido tremendo. Cuando abre los ojos casi no recuerda como ha sido la caída. Se da cuenta que está en alguna zona húmeda del lateral de la presa. Se debate como un perro rabioso por salir pero todo es inútil: está atrapado sin poder moverse, cubierto de agua, no lo suficiente para ahogarse rápidamente, pero sí para mantenerle inmovilizado. Sabe que si no logra salir la hipotermia aparecerá en breve y con ella el sueño del que no podrá regresar.

Jerome ha oído contar que cuando uno está en peligro de muerte ve pasar toda su vida en segundos y en su caso ha sido así, pero desgraciadamente los segundos siguen pasando, ya ha visto toda su vida y sigue atrapado.

Empieza a pensar si todo no se debe a un castigo por sus últimos pensamientos, por su falta de fe, pero no puede evitarlo. Ahora le gustaría ser un profundo creyente, al menos así sus últimos minutos serían más fáciles pero no va a tener ni siquiera ese consuelo. Los párpados comienzan a pesarle y se van cerrando lentamente. La musculatura se va quedando rígida; si no puede moverse rápido no podrá moverse nunca más. Ha comenzado la cuenta atrás, se acerca al punto de no retorno; ya no distingue si lo que piensa lo piensa verdaderamente o si ya ha comenzado a soñar. No lo sabe, no lo sabe, no lo...

En otro lugar Gaspar está discutiendo con su hermano.

Gaspar y Justo comparten un piso de estudiantes desde hace dos años. Gaspar sólo va al piso los fines de semana cuando sale del seminario. Justo estudia Químicas. Es un buen estudiante lo mismo que su hermano Gaspar, que se inclinó por el sacerdocio movido por el interés en la religión que ya mostraba desde pequeño. La discusión que hoy mantienen se viene repitiendo con demasiada frecuencia en los últimos meses, cada fin de semana. Cuando Gaspar puede hablar con su hermano surge el tema. La cuestión no es otra que la falta de entusiasmo que Gaspar nota con respecto a su carrera, a su vida. Quiere abandonar la carrera.

Justo trata de convencerle de que eso le pasa a casi todo el mundo; es normal que surjan dudas pero quizás, si aguanta un poco el tiempo todo lo arregla. Después de todo, casi nadie está convencido de lo que hace.

Este argumento desespera a Gaspar que comprueba que el tiempo, lo único que hace, es minar cada día más su autoestima.

Cómo puede ser un buen sacerdote si él mismo está perdiendo la fe, si todo lo cuestiona porque le parece una barbaridad, si piensa que la fe es un pobre recurso para explicar lo inexplicable y poder soportar la vida, para no volverse loco sabiendo que después no hay nada, absolutamente nada: eso es la fe. Cuántas muertes ha habido a lo largo de la historia en nombre de las religiones y cuántas seguirá habiendo cuando él desaparezca.

Cansado de tanta discusión, Gaspar se levanta y va a la cocina a por un vaso de agua. Cuando se acerca al fregadero ve que en el fondo de un vaso hay empapada en una gota de agua una palomilla. Las alas se le han mojado y no puede volar: está atrapada. Piensa en la similitud con su propia vida; él también está atrapado.

Gaspar vuelca la gota de agua con la palomilla y con un papel de cocina y un cuidado infinito comienza a absorber el agua. Al poco tiempo la palomilla comienza a arrastrarse como puede por la encimera. Después, con el mismo cuidado, pone otro trozo de papel para que pueda subir y la pone en el poyete de la ventana. Se queda mirándola un rato largo y ve cómo lucha por su vida, cómo sigue arrastrándose hasta secarse y cómo con una vibración casi de aeroplano consigue secarse del todo y salir volando.

Qué fácil parece todo cuando solo te mueve el instinto, piensa Gaspar. Qué fácil para la palomilla, que no duda lo que tiene que hacer.

De pronto se le pasa por la cabeza una idea: si la palomilla pudiese pensar, hoy se habría producido para ella el gran milagro que reafirmaría su fe, claro está, en el caso de que un insecto pensara y tuviera la clase de dudas existenciales que a él le atormentan.

Jerome ha regresado a su casa sano y salvo. No sabe cómo ha sucedido pero ha sido un gran milagro.

HAY UN VERANO MEJOR

Subo de la playa completamente achicharrada y al salir del ascensor veo en el maldito espejo que han colocado enfrente, la imagen de un tuareg, o de un perro de aguas, según se mire la parte superior o la inferior.

Llevo un pareo hasta los pies que cubre los estragos que el chiringuito está dejando en mi cuerpo y en la cabeza una gorra por la que asoman unas hebras que me recuerdan a la fregona Vileda: es mi pelo *ups*.

Estoy sola. La familia se ha marchado al chiringuito. Enciendo la tele y aparece un anuncio en el que dicen que "Hay un verano mejor". Apago la tele y me encierro en mi cuarto que es tamaño armario empotrado aunque la agencia lo vendía como apartamento de lujo.

Enciendo el ordenador y comienzo a escribir un relato de verano de esos que terminan en la papelera de la redacción de algún periódico.

De pronto oigo una voz que me dice: "¡Hey chata, cada día estás más guapa!".

Miro pero no veo a nadie: El calor me está afectando las neuronas.

La voz repite: "¡Hey, aquí, en la letra *A*!". Miro y descubro una hormiga tamaño medio que me hace señas.

Cierro los ojos y sacudo la cabeza pero al abrirlos todavía sigue ahí; no me lo puedo creer: me está hablando una hormiga.

He debido decirlo en voz alta porque la hormiga me responde un poco cabreada.

–¡Oye bonita! Perdona si no me he presentado oficialmente, pero mi nombre es Boris, no hormiga; y tú con esa pinta todavía no sé si eres un humano y no te he ofendido.

–Ya, perdóname tu a mí pero es que no sé si estoy alucinando o si esto está ocurriendo realmente. Nunca he hablado con ninguna horm... perdón Boris.

–Ya me imagino. Me pasa cada vez que intento contactar con alguien. Normalmente tengo que salir corriendo porque intentan darme un zapatazo o sacan directamente el spray fulminante. Es muy duro ser una hormiga parlante, aunque no se por qué, ya que vosotros os atiborráis de ver documentales de La Dos donde ya os advierten que somos inteligentísimos y con una estructura y una organización muy superior a la vuestra.

Charlando, charlando... se nos ha ido la tarde. Boris está admirado porque soy el primer ser humano que no le rechaza y me propone salir esa noche a tomar algo y yo me digo: "¿Por qué no?". Cosas más raras se han visto o como diría Sabina: "Más raro fue aquel verano que no paró de nevar."

Me pongo guapa y nos vamos a tomar unos *gin-tonic* al Bar Cito. Obviamente no propongo ir a la bolera por el peligro que entraña.

Boris me cuenta por qué odia el verano. Me explica que es ingeniero y trabaja en el túnel siete de reciente construcción y que está fundido porque las obras que acometen en verano en la playa sufren muchos derrumbes, debido a la acumulación de humanos en la superficie y con ello muchas bajas hormigueras con pérdida de buenos trabajadores y mejores amigos; es un tipo cultísimo.

Yo le explico que odio el verano, la playa y el veraneo desde que mi ex, amablemente, me mandaba a la playa y se sacrificaba quedándose a trabajar en la ciudad en pleno verano.

Curiosamente cuando yo volvía de la playa hecha unos zorros me encontraba a mi buen Ernesto (así se llamaba el muy...) con un resplandor en la jeta increíble y hasta más moreno que yo.

Con el devenir del tiempo me enteré que el trabajo que no podía dejar de hacer en verano se llamaba Requejo, más concretamente Isabel Requejo.

Esta situación ya creó en mí una animadversión hacia el verano, la playa y todos los muertos que lo acompañan.

Esa noche ha sido maravillosa. Nos despedimos en la puerta con un ¡hasta mañana! Compruebo que no es un ligón playero: no intenta propasarse ni llevarme a la cama.

Los días van pasando y yo soy feliz, nunca había tenido un amigo igual. Me siento muy cómoda con él y sé que puede llegar a ser una amistad duradera.

Con mi familia estoy un poco hermética, lo que les tiene un poco preocupados, pero por el bien de los dos hemos decidido mantener la relación en secreto, con el fin por mi parte de no asustarles, y por la suya, para que no saquen el tan temido spray.

Llega el día de la despedida y Boris me dice que va a ser imposible que me llame por teléfono pero que no me va a olvidar y que el año que viene allí estará esperándome.

Trepa por mi cuello hasta llegar a la oreja y se despide con un: "Hasta el próximo verano" y yo noto un delicioso cosquilleo y contesto: "Hasta siempre".

Ahora siento que para mí sí hay un verano mejor.

De vuelta a casa no hablo en el coche. Me invade una nostalgia tremenda, no oigo su voz, añoro su compañía y mi familia sigue preocupada.

Me dejan en la misma puerta de mi casa y no les invito a entrar porque no tengo ganas de hablar con nadie.

Me preguntan si necesito algo y les digo que nada, que estoy cansada y que no se preocupen, que es solo eso, cansancio, aunque leo en sus caras una cierta angustia que no me explico a qué se debe.

Entro en casa y ¡vaya por Dios!: veo a la tonta del bote esta que deambula por aquí con una bata blanca y que me dice: "Llegas justo a tiempo, hora de la medicación."

LA SUERTE

Marci, ¡qué eufemismo! En realidad su nombre era Marciana pero desde que tuvo uso de razón decidió usar un diminutivo con el fin de evitar la mofa y el escarnio de sus compañeros de colegio, de sus amigos y del mundo en general.

Marci, como todos los bebés, nació con la cabeza gorda, cualidad que se incrementó con los años, y con los brazos débiles de no haber sido así le podría haber pegado a su padre los dos hostiones que se merecía por haberle puesto ese nombre.

De mayor consideró una suerte llamarse así, aunque seguía usando el diminutivo, porque era original y nadie se llamaba como ella.

Con el tiempo el nombre definió su personalidad porque era así, un poco marciana o al menos, un poco alejada del planeta tierra.

Marci era un poco libertaria, muy vital y de esas mujeres que no quieren ser cuidadas; quieren ser queridas.

Tenía un carácter tremendamente sociable y alegre. Era un poco de esos caracteres que disimulan su tristeza y su confusión tras un tono irónico que, en más de una ocasión, le acarreaba algún disgusto pero ella pensaba que era una suerte; se gustaba como era.

Su máxima aspiración era la de vivir antes de morir.

Marci estaba escribiendo un libro basado en sus propias experiencias. Era muy mediocre pero escribía con la tranquilidad del que sabe que aquello que escribe nunca verá la luz.

En estos momentos estaba escribiendo sobre su viaje marinero de ese verano. Todavía lo recordaba con horror, ella que odiaba todo lo referente al mar.

Esta aversión se incrementó cuando sus hijos eran pequeños y el marido la mandaba a la playa con los niños a descansar mientras él, pobre sufridor, se quedaba a trabajar.

Nunca supo como sucedía pero a los quince días ella volvía con el pelo como un mocho, llena de herpes y totalmente desquiciada, para encontrarse con un marido con un lustre y un color acojonantes.

¡Qué suerte tenía de tener un marido tan comprensivo con sus necesidades de descanso!, se decía a sí misma.

En concreto, el viaje del año anterior había empezado cuando el marido, dejándose llevar por el influjo de las revistas (qué daño han hecho a la humanidad, que nos muestran a todos los famosillos en el yate de algún amigo) había alquilado un velero.

El hombre estaba en esa edad en que las mujeres dejan de usar compresas con alas y los hombres quieren alas para dominarlo todo cuando, en realidad, lo único que quieren es dominar aquello que se les escapa en gilipolleces: el tiempo.

Partieron con bonanza y al principio lo de la sensación de libertad, vale, pero después de siete horas de navegación y tras haber vomitado hasta lo que no se había comido, tenía ya la sensación de estar viendo la misma marina de esas que pintan a miles y subastan en los hoteles.

El tiempo (porque el mar es así) se empezó a complicar de tal manera que tras un plazo de una duración que se hizo eterna, llegaron a refugiarse a puerto con un viento del carajo.

El atraque fue como el del *Queen Mambru*: los expertos (siempre hay muchos en los puertos) desde tierra, les gritaban cosas incomprensibles y Marci corría como loca preparando cabos y demás zarandajas.

Ella, que nunca supo donde estaba babor ni estribor, seguía ahora consejos confusos de los expertos como: "ciaboga, ciaboga". Y tanto y tanto ciabogó sin saber lo que hacía, que un cabo le hizo un corte de quince puntos en un brazo. Después se enteró que el *ciaboga* no era para ella.

Mientras sangraba profusamente, el lobo de mar de su marido, que se había sacado el carnet de patrón por internet y había hecho las prácticas en el río Pekos, hacía lo que podía, que en ese día fue atracar a base de darse hostias con todos los barcos que pudo.

Todos los que estaban en sus barcos salían a protegerlos gritando improperios, vamos, que solo les faltó poner durante la maniobra a todo pedo por los altavoces, el "Qué viva España".

Después de esta experiencia el marido se compró una petanca...

Qué suerte habían tenido de haber salido medio ilesos, pensaba Marci. Sí, se consideraba una mujer con suerte.

Cerró su cuaderno y se fue a dormir con la paz del que ha hecho bien los deberes. Qué suerte tenía que podía dormir con la conciencia tranquila y además, mañana era sábado.

Marci, poco amiga de los gimnasios(los abandonaba nada más domiciliar el pago) practicaba desde hacía algún tiempo un deporte poco usual: el tiro con arco.

Ese sábado, como tantos otros, se levantó muy temprano y fue a entrenar.

Era una gélida mañana del mes de enero. Aún no había salido el sol y el campo de tiro estaba desierto. Se dijo que tenía suerte: no tendría que esperar para practicar. Más tarde aquello se llenaría de arqueros.

Se preparó tranquilamente y cuando estaba lista para tirar a diana notó cruzarse una sombra a velocidad considerable.

Todavía no sabe como sucedió, ni qué le pasó por la cabeza pero empezó a verlo todo a una velocidad acojonante; su olfato se agudizó de una manera que podía distinguir hasta el olor de la gasolinera que había a dos kilómetros; podía controlar cualquier ruido por pequeño que fuera, se desató su instinto predador, tensó la musculatura, fijó la distancia, persiguió el bulto y... ¡zaas!, sin más, disparó la flecha.

Aquel bulto resultó ser un ciclista madrugador que terminó en el hospital brutalmente asaeteado, con resultado de pérdida de movilidad definitiva del brazo izquierdo y una afectación psíquica postraumática que le supuso posteriormente la invalidez total, debido a que desarrolló una agorafobia de las de siéntate y no te menees.

El pobre hombre no quería ver la bici y la calle ni en pintura y cada vez que intentaba salir sudaba como un pollo hasta perder el conocimiento, pasando por toda una sintomatología de lo más desagradable.

Marci pensó que había tenido mucha suerte y el ciclista más, ya que no lo había matado.

Le asignaron un abogado de oficio que había terminado la carrera pasado mañana y que tenía nombre de mueble de Ikea (sería vasco o sueco) Marci nunca decía bien su nombre y esto puede que molestara un poco al letrado.

Sólo le cayó un año de cárcel por intento de homicidio con un poco de alevosía y algo de nocturnidad (aun no había amanecido) eso sí, sin posibilidad de fianza.

Tuvo suerte porque en el mismo momento de dictar sentencia aparecieron cinco psicólogos: tres argentinos y dos de Orihuela (ahora, incluso en caso de diarrea persistente, son los primeros en aparecer a miles: los psicólogos) que si bien no evitaron que fuera al trullo, sí la dejaron más tranquila ya que acusaron de su inestabilidad a su madre.

Marci se siente muy arropada por su familia y sus amigos y ha hecho nuevas amistades en la cárcel; hasta es posible que de todo esto escriba un libro.

Sí, definitivamente era una tía con suerte.

MUNDOS OPUESTOS

No hay que ser muy listo para darse cuenta que los extremos siempre se tocan, que la línea que los separa es tan sutil como la que separa la vida de la muerte.

La extrema derecha y la extrema izquierda terminan siendo lo mismo: lo trágico y lo cómico, la policía y los ladrones, los indios y los vaqueros.

Los mundos opuestos existen en cualquier ciudad, donde una simple calle separa un barrio marginal de uno residencial como si fuera una frontera invisible y, curiosamente, esos mundos opuestos coexisten pacíficamente, pero ¿qué ocurre cuando uno de esos mundos penetra en el otro? ¿Qué ocurre cuando entran en conflicto? ¡Ay, amigos! Entonces ocurrirá lo inevitable: que alguno de los dos saldrá malherido, si no muerto.

Una ambulancia se desplaza por la ciudad a toda velocidad haciendo ulular una estridente sirena que rompe el silencio de las calles vacías. El chico que va dentro del vehículo no sabe donde está, ni por qué, y piensa, porque ahora es lo único que puede hacer: pensar. Todo lo demás es puro dolor.

Oye la sirena y en el atontamiento general no distingue si está en un coche de policía, en una ambulancia o si está en un cochecito de la feria.

Se decanta por un coche de policía y sus preguntas inmediatas son: ¿Por qué le duele todo? ¿Le habrán dado una paliza? Y si así ha sido, ¿quién ha sido? ¿sus colegas? ¿la policía?

El chico que va en la ambulancia camino del hospital se llama Gerardo aunque en sus tiempos adolescentes se hizo llamar *Gerar* (por Gerard Dépardieu), ya que creía que en lugar de un nombre tenía una putada.

Tiene treinta y dos años, pertenece a una familia de tipo medio acomodada y cualquiera diría de él que es una buena persona.

Estudió Medicina por el motivo que lo hace una minoría: ser útil a los demás. Trabaja como médico en las urgencias del 112 y hace un año, más o menos por estas fechas, entró en el bombo de los destinados a atravesar la frontera de los mundos opuestos donde obtuvo el primer premio y medalla con incrustaciones de hojalata.

La mañana en que todo comenzó lo hizo a través de un aviso urgente para asistir a un anciano al que le había dado un soponcio en el barrio de Los Claveles, barrio *guapo* donde los hubiera.

Como médico de urgencias ya había entrado en el barrio en muchas ocasiones; en su mayoría los casos a atender eran del tipo de yonquis a los que se les va la mano, reyertas y demás florituras por el estilo.

Ese día en particular no estaba Gerardo para muchas gaitas. Se encontraba un poco *depre* y demasiado existencialista para el papel que iba a desempeñar en esta comedia; lógicamente esto no iba a favorecerle en nada. Se acercaban las fiestas y aquel invierno estaba resultando el más crudo de la última década (datos oficiales de La Uno)

Cuando ya iban entrando en ese barrio en el que nunca es Navidad porque el consistorio no pone bombillas ni de bajo consumo, lo primero que se le ocurrió pensar es el bello nombre que los ayuntamientos le ponen a los barrios marginales. Claro que a nadie se le ocurriría ponerle "El barrio la mierda" que, evidentemente, le pegaría más pero no sería políticamente correcto. Lo cierto era que por allí no pasaba ni el camión de la basura.

Según pasaban por el campillo (siempre hay un campillo) Gerardo vio una pareja de rumanos o similar: ella agachada cagando sin más y él a dos metros, recogiendo la chatarra que habían dejado la noche anterior los roba motos, y pensó: "Esto es amor en estado puro. Qué bonito, qué romántico; ahora él se acercará y le olerá el culo".

En fin, en este estado llegó Gerardo a la casa-chabola de donde venía el aviso.

La entrada a la casa le hizo volver un poco a la realidad, que no era diferente de la realidad del resto del barrio, con una sala de estar que parecía el Corral de la Pacheca, con torito y todo encima del televisor. Eso sí, este era de novecientas mil pulgadas y dos garrapatas.

En cuanto al abuelo por el que se había recibido el aviso, poco pudieron hacer: yacía en posición fetal sobre una tumbona de playa con una colchoneta de un dedo de gruesa, cubierto por una manta raída del ejército; tieso como la mojama y con un color verdoso que denotaba que la muerte había sido muy anterior a la llamada, por lo menos en unos dos siglos.

Gerardo, viendo que no veía nada de claridad en la hora y circunstancias de la defunción y, como medico juicioso y legal que era, ordenó llamar a la policía y al juez para que ellos se ocuparan del levantamiento del cadáver y posterior autopsia, momento en el que a la voz de "Ay el papa, que nos lo descuartizan", en aquel cuchitril de dos por uno cerró filas toda la familia y algunos vecinos que miraban el espectáculo.

Las amenazas y las protestas se sucedían cada vez más agresivas pero en el momento más crítico, cuando los del 112 ya temían por su integridad física, surgió desde detrás de una cortina como una Venus del mercadillo esa Chelo, con su melena negra y los ojos arrasados por el llanto. Las aguas se abrieron y el sol volvió a lucir, o eso le pareció a Gerardo, que dejó viajar su mirada lánguidamente desde el escote de la Chelo a sus ojos negros como el tizón.

Nadie supo a ciencia cierta qué milonga le contaría en un aparte la Chelo a Gerardo, pero este certificó de inmediato una insuficiencia cardiorespiratoria y de paso su propia sentencia, y ella certificó que tenía a un tonto de remate comiendo de su mano.

Desde ese aciago día Gerardo visitaba asiduamente a la Chelo, vamos, con una frecuencia de cuarenta ocasiones en un día si el tiempo lo permitía. Al principio con la excusa de saber cómo se encontraba ella después de la muerte del abuelo y posteriormente porque la Chelo decidió quedar ocasionalmente con él para sacarle el unto o, dicho de otra manera, porque siempre es bueno tener un pardillo enamorado en el otro bando: nunca se sabe lo que puede hacer falta.

La Chelo es la mayor de los tres hermanos que ahora componen la familia y la más lista; con esa listeza que da el haber pasado privaciones y haber visto más de lo que debería a una edad muy temprana. Claro está que entre los tres no completan un cerebro pero de momento se bandean bien.

La Chelo es la organizadora de todo y los hermanos ponen la fuerza bruta cuando hay que dar hostias como panes. Trapichean con toda clase de sustancias, desde la heroína hasta el té de Ceylán, pasando por un amplio catálogo que incluye coches de alto *standing* de los que se deshacen rápidamente, joyas valiosas y demás zarandajas.

Desde la muerte del Genaro, patriarca de la barriada, ellos han asumido el mando; han dejado de ser camellos de baja estofa y ahora dominan el mundo de los estupefacientes en el barrio. Le venden a todos los *camelletes* que se dejan caer por allí. Se han hecho un nombre en la zona; son casi un emporio. Se han convertido en una especie de súper de la droga. Las cosas les van bien, ¡qué coño!, no es que les vaya bien, es que les va muy bien.

Por su parte Gerardo ha decidido por su cuenta redimir a la Chelo y alejarla de todo aquello (no es el primero) pero no sabe cómo entrarle porque aunque están saliendo (o entrando, no está muy clara la cosa) desde hace meses, ella llora cuando él menciona la posibilidad de irse a vivir juntos. Le dice que no puede abandonar a sus hermanos, que se morirían sin ella y, claro, quién le quita la razón con esa belleza racial que Dios o el diablo le han dado y que no le deja pensar en nada y, por supuesto, aunque Gerardo tiene mucha prisa en redimirla, ella no se deja.

La Chelo es lista de corto alcance pero no es tonta. Lo lleva más bien cortito en el terreno sexual, o como ella dice, de los bajos. Ella siempre dice que los bajos son sagrados y para Gerardo esto es una prueba más de que ella es un ser maravilloso y virginal a pesar de sus defectos y, claro está, para ella es un procedimiento, o como dirían en la misa, es justo y necesario para sus propósitos.

En fin, que es imposible redimir a quien no quiere ser redimido y la Chelo no quiere: vive bien, prefiere ser la reina de su chabola a ser la fregona de cualquier pijo y ¡hostias! que en su pequeño mundo de mierda siente que vive como Dios.

Gerardo vive su amor como un cuento de Walt Disney donde siempre muere alguien, para mayor trauma de los pequeños infantes. No puede contarle su secreto a nadie porque nadie le entendería, es más, le aconsejarían terminar con esa relación. No lo aprobarían ni su familia, ni sus amigos, ni sus antiguas amantes ¡Dios, qué soledad más profunda la del transgresor! Para colmo, siente que todo se le va de las manos y no puede hacer nada por evitarlo.

Gerardo no tiene muy claro los argumentos de la Chelo y aguanta y aguanta, pero qué puede hacer si su encoñamiento es de tal calibre que aunque su razón (si funcionara, que no funciona) le dicte una cosa, su voluntad camina por un camino contrario. Se ha convertido en un enfermo. Su voluntad se encuentra anulada por completo o, más bien, se encuentra en manos de la Chelo.

Porque entre achuchones y toqueteo de tetas, ella ha ido pidiendo pequeños favores que lo tienen en vilo. Nada, pequeñas tonterías sin importancia del tipo de "recoge un paquete en tal dirección tú que tienes cara de pánfilo y tráelo a casa urgentemente" o "lleva esta joya a tal tasador". Nada, ñoñeces que le están quitando el sueño, el hambre y como se descuide, la licencia para ejercer como médico porque ya no está en lo que está.

El chico que iba en la ambulancia ahora está en el hospital. Ha recobrado el poco conocimiento que le quedaba y ve con cierto estupor que en su puerta hay un policía. Él es médico y ha visto en otras ocasiones enfermos custodiados y se da cuenta de que él es ahora uno de ellos.

Le duele todo el cuerpo pero lo que más le duele es ver que está solo. No sabe si puede recibir alguna visita pero la que él desearía, aunque no la dejasen pasar, no ha venido. Cierra los ojos porque no quiere ver, o quizá nunca ha visto, y ahora que ve no quiere hacerlo porque ver claro le produce dolor en el alma, que es el peor dolor. Cierra los ojos y recuerda la sabiduría del *Lobo*.

Cuando Gerardo quedaba con la Chelo lo hacía en un *barzucho* medio cutre que estaba cerca de la casa de ésta. El bar, que tenia el curioso nombre de "El Lobo" siempre le gustó a él y además, le parecía un nombre adecuado para la zona porque los bares de barrio siempre se llaman "Bar El Lolo", o similares.

El bar había tomado el nombre del apodo del dueño al que todo el mundo conocía como *el Lobo*. Era posible que nadie supiera su verdadero nombre.

El dueño del bar era un hombre de mediana edad, con ojos astutos, de complexión fuerte aunque no excesivamente alto, y cubierto de pelo como un lobo. Había logrado mantenerse en el barrio gracias a su coraje, a su aspecto físico y a una escopeta de cañones recortados que mantenía bajo el mostrador y que no dudaba en usar si era estrictamente necesario.

Al *Lobo* solo habían intentado atracarlo una vez, al principio de estar en el barrio. Había sido a última hora de la noche: sólo quedaban dos o tres clientes de estos que se acodan a contar sus problemas delante de un último cacharro. El *Lobo* nada más ver entrar a aquel sujeto supo que le iba a dar problemas: los olía a distancia. Era un *yonqui* peleón al que en más de una ocasión había tenido que sacar del bar a hostias porque, cuando no estaba con el *mono*, estaba jodiendo a todo el que podía.

Esa noche entró con la cara descompuesta pidiendo una cerveza y unas aceitunas y en cuanto *el Lobo* se dio la vuelta, sacó una navaja de las que tienen más muelles que una cama vieja y con la voz más chula que pudo le dijo: "Te voy a matar *Lobo* y luego me voy a fabricar unos calzoncillos con tu pellejo".

El Lobo, con toda la tranquilidad del mundo, se volvió y le dijo:

−Si has venido a matarme vuelve mañana más temprano porque ahora voy a cerrar.

El otro empezó a hacer todo tipo de aspavientos con la navaja acojonando a los pocos parroquianos que había y cuando fue a dar la vuelta para entrar en la barra, sólo tuvo el tiempo justo para ver los dedos de su pie, con la bota y todo, despanzurrados por el suelo.

El Lobo había sacado la recortada y disparado al pie a tal velocidad que al pobre capullo no le había dado tiempo ni a sentir el dolor.

Lo siguiente que vio el *yonqui* fue la cara del *Lobo* delante de la suya, la recortada en la bragueta y al *Lobo* que le decía:

−Si no te vas de aquí cagando leches te tatúo un boquete en el nabo que, total, para lo que te sirve...

El tío desapareció arrastrando como pudo la masa sanguinolenta que le asomaba por la bota y aullando de dolor. Jamás volvió al bar.

No hubo policía, no hubo alarma social; nadie se sorprendió, lo que le valió al *Lobo* el respeto del barrio. Dado que Gerardo pasaba allí una tarde sí y la otra también esperando largas horas, llegó a entablar casi una amistad con *el Lobo*. La última tarde que Gerardo había ido al bar, *este* le había dicho:

–Mira Gerardo, yo sé que a ti te traen por el barrio otros asuntos que no son la droga y no creas que es porque seas pijo, que no, que yo en este bar he visto de todo: niños ricos, señoras bien, pero todos vienen a lo mismo. Aunque esos clientes no son puntos fijos, esos vienen y se van. Ahora, aparte de mis antiguos parroquianos, lo que más veo son los cabrones éstos del donuts y las natillas que ¡hay que joderse! parezco el Mercadona de los huevos, pero son los tiempos. Antes despachaba más cazalla y chorizo de ese de perforar el estómago pero ahora, yo no sé qué coño pasa, debe ser que las drogas les da dulzona y ya ves... Pero a ti, chaval, sí te voy a dar un consejo y te lo voy a dar por tres razones: una porque me caes bien; dos, porque eres una buena persona y te van a joder la vida; tres, porque dar consejos es gratis y tú haz lo que quieras con él, pero yo me quedo más tranquilo si te lo doy.

Yo sí sé con quien sales, pero tú no. Tú no sabes quién es la Chelo la de *Los picaos* y te digo que eso es mal asunto. Yo la he visto crecer y a esa le salieron las tetas antes que los dientes, y bien que ha sabido aprovecharlo como su madre, que volvió majara al pobre Abelardo, que se dio a la bebida; menos mal que le duró poco y en una borrachera se le engancharon los cuernos y se mató al caerse del andamio y ella, cuando cobró la indemnización, dejó colgados a los tres hijos con el viejo y se marchó a putear a mejores barrios.

Gerardo, si quieres hacerme caso sal corriendo mientras puedas sin mirar atrás.

Desde ese día Gerardo no volvió al bar del *Lobo*.

El chico que ahora está en el hospital recuerda todo para mayor dolor y se siente tan estúpido que se le han llenado los ojos de lágrimas, de esas lágrimas que aunque pretendas pararlas no puedes: se desbordan como un río en una crecida. Y siente un dolor terrible en el pecho pero sabe que no es un infarto, sino la pena intensa, que duele una barbaridad.

Quiere dormir para olvidar pero ya es imposible, ahora todo son recuerdos y decide abandonarse a ellos.

Desde que dejó de ir al bar del *Lobo* las cosas han ido de mal en peor con la Chelo y no por dejar de ir al bar, no, que en ese sentido algo han mejorado porque ya no le duele tanto el estómago, sino porque el *Lobo* parecía vidente.

La Chelo le chantajea vilmente y le amenaza con cortar la relación si no hace esto o aquello y para colmo, los dos *rottweiler* que tiene de hermanos lo tienen acojonado.

Ahora tiene que ir de acompañante de los hermanos en algunos trabajos en calidad de *pringao;* total, el es quien da conversación y pone cara de inocente para que se confíen mientras los hermanitos lo joden todo.

El colofón se ha desatado la tarde de Reyes; su relación empezó con frío y morirá con frío.

Gerardo ha salido a comprarle un regalo a la Chelo a ver si con eso se aplaca un poco porque últimamente está de un humor de perros, ya no está contenta ni haciendo todo lo que ella quiere. De pronto le suena el móvil y es la mismísima Chelo hecha un mar de lágrimas que le pide que acuda a toda pastilla a su casa, que es un asunto muy urgente. Como es natural Gerardo ya ni pregunta. Directamente coge el coche y enfila para Los Claveles.

Cuando llega a la casa el panorama es como para darse un tiro: Sentado a la mesa del comedor tienen a un tío en una silla de plástico de esas de los bares, tapado hasta la cintura con la falda camilla; con la cabeza hacia delante, cubierto por los espumarajos que le salen de la boca y que se han mezclado con la sangre de la nariz y con la meada que le sube hasta las cejas para formar un cuadro picasiano: con pinta de estar más fiambre que el chopped pork.

Gerardo le busca el pulso y sólo puede confirmarles que aquel caballero con la cabeza más hinchada que un panda está muerto, a lo que los tres hermanos le contestan que "ya lo sabían".

Por lo que le cuentan, el sujeto era un cliente nuevo; un *camello* importante que les iba a dejar forrados de pasta y los hermanitos, que son listos de cojones, para fidelizar al cliente le han dejado meterse un chute de heroína de la más pura que tenían, para que viera qué buen producto; luego ya la cortarían y claro... El *camellete* que había llegado fardando pero que estaba acostumbrado a metérsela más cortada que la baraja, pues ha pegado un reventón.

La Chelo entre llantos y promesas le pide a Gerardo que les ayude a sacarlo de allí, que se lo lleve y lo tire en algún descampado, que total, nadie se va a preocupar si falta y a él nunca le van a relacionar con el muerto pero a sus hermanos sí, y no pueden verse envueltos en un lío tan grande.

Gerardo sopesa la posibilidad de romper su relación porque está empezando a ver claro que se encuentra en vía muerta; no va a ninguna parte, le están utilizando de una forma escandalosa y decide actuar, aunque elige el peor momento de su vida y le dice a la Chelo que no lo va a hacer, que se niega en redondo.

Cuando va a salir por la puerta con toda la dignidad que el momento requiere, es decir, ninguna, nota algo frío y duro en el cogote, se vuelve despacio y ve como uno de los dos gilipollas le encañona con una pistola, no puede precisar si es una Glock o una Beretta o qué coño es porque no entiende un pijo de armas, pero la sangre se le va de repente a los pies. Ya no sabe si está como el cura en el sermón o al revés. Siente un calor en la entrepierna y sabe de inmediato que no es que se esté empalmando sino que se ha meado como un bebé, y escucha al capullo que le dice:

–¡Como me toques las pelotas te reviento la cabeza! Tú verás, nos puedes ayudar por las buenas o por las malas, pero si es por las malas nosotros encontraremos a alguien que nos eche una mano, de eso se ocupa la Chelo, pero en vez de un fiambre habrá dos, tú ya me entiendes meón, que eres una nenaza. Y se descojonaba de la risa.

A Gerardo se le ha quedado la cabeza vacía, se ha convertido en una marioneta: cuando le mueven él se mueve. Mientras tanto está en un estado catatónico, está presente pero ausente, en otra galaxia. Esto no puede ser real, no le está pasando.

Mientras tanto, como si fuera un sueño, escucha de fondo como la Chelo lo planifica todo y el plan que escucha le hace cagarse de miedo.

–De momento, dice la Chelo, siempre encañonado por ti –y señala al hermano más borrico. Vais a ir con el coche de Gerardo al depósito. Que se ponga el idiota este el traje reglamentario del 112 y que coja las llaves de una ambulancia y os la traéis follaos para la casa. Cuando volváis le metemos el fiambre en la ambulancia, le cerramos la puerta y que le den por culo al Gerardo; que se busque la vida. Ya no hace falta que le acompañemos porque, por la cuenta que le trae, ya tirará él al mierda este en el sitio que mejor le parezca.

La primera parte del plan les ha salido más o menos bien porque al ser tarde de Reyes no se han encontrado con nadie en el depósito y porque Gerardo ha podido quitarse los pantalones meados. Sin que nadie le viera han sacado la ambulancia y han vuelto a la casa sin contratiempos.

Una vez en la casa, le han colocado al despojo en la camilla pero como ven a Gerardo un poco idiotizado y, temiendo que algo les pueda salir mal por su culpa, se les ha ocurrido una idea genial de esas de las suyas: le han obligado a meterse un tiro de coca para que espabile; así todo va a ir mejor.

En este estado sueltan a Gerardo con la ambulancia y el fiambre dentro a buscarse la vida y Gerardo, que ahora se cree el rey del mambo montado en un cohete, ha salido disparado. No puede parar. Tiene un *subidón* de tres pares de cojones, el corazón se le ha disparado y la ambulancia también.

No sabe muy bien dónde ir a tirar el paquete pero tira y tira y de pronto se encuentra en plena ciudad. No sabe cómo ha ocurrido ni por qué calle ha salido, pero ahora está en plena cabalgata, concretamente entre la carroza de Gaspar y la de Baltasar y de repente se imagina a sí mismo subido en el batmóvil.

Al principio la gente que está mirando no se sorprende mucho al ver la ambulancia allí en medio porque creen que es parte de la seguridad de la cabalgata, pero han empezado a sospechar que algo no anda bien cuando la ambulancia ha empezado a empujar la carroza del rey Gaspar y luego a retroceder para abrirse espacio atacando a la de Baltasar. Entonces sí, entonces se ha desatado el caos: la gente huye por donde puede con los niños de la mano, los niños a su vez se descojonan al ver a los Reyes por los suelos (serán republicanos) y se vuelven locos por coger balones y caramelos desperdigados por el suelo. La ambulancia, cubierta ya de confeti, en un alarde de chulería ha hecho un trompo a toda hostia, hasta que ha ido a empotrarse finalmente contra las preciosas puertas estilo churrigueresco del Ayuntamiento.

El chico que ahora está en el hospital y que no es otro que Gerardo, ha recibido un mensaje a través de un enfermero, donde pone:

"Soy la Chelo. No vuelvas por mi casa nunca más. No quiero saber nada de un tío mierda como tú y que sepas que te aguantaba porque eras útil, pero ahora ya ni eso y ¡ojito con lo que le cuentas a la policía! porque te mando a mis hermanos".

Gerardo ahora llora pero esta vez es de risa. No sabe como ni por qué pero se ha empezado a descojonar y no puede parar. De repente se siente ligero, libre, más libre que nunca. Sabe que vienen tiempos duros y que probablemente irá a la cárcel porque, a ver, cómo explica que hacía en medio de la cabalgata, con una ambulancia robada que contenía un fiambre por sobredosis y él mismo de cocaína hasta el culo. Pero aún así sigue riendo; no hay nada irreparable, sigue sintiendo la brisa de libertad. Y es que hay relaciones más carcelarias que la propia cárcel.

El mismo se dice como le decía su tío cuando era pequeño: "Gerardete, si no sabes torear *pa* qué te metes".

Hay una cosa que sí tiene clara: cuando todo termine irá a visitar al *Lobo*. Se va a partir de risa con la historia de la cabalgata.

UNA NOCHE MÁGICA

Hoy, poniendo orden en una vieja caja llena de recuerdos y correspondencia, me he topado con una carta que escribí a los Reyes Magos de pequeño y que mi madre había guardado para dármela como regalo cuando fuera mayor.

Al abrir el sobre me he encontrado, además de la carta, a un amigo de la infancia que me miraba desde el color sepia de una foto: *el Garban*.

El Garban era el apodo que le pusimos porque era tan menudo que su madre le llamaba cariñosamente *Garbancito*.

Siempre iba vestido con unos pantalones cortos raídos, que aunque se los cambiara de vez en cuando, parecían los mismos, no sé si porque los habían utilizado todos los hermanos mayores o porque ya se los compraban raídos. Los calcetines cortos parecían más cortos de lo normal ya que se los comían los zapatos, lo que me hace pensar que en aquella época nuestra hasta los zapatos pasaban hambre.

A lo mejor no era bajito, lo mismo pasaba que los zapatos, además de los calcetines, se iban comiendo lentamente a mi amigo y por eso no crecía.

El Garban fue el primer amor de mi hermana pero ya se sabe que a la edad de ocho años el amor es un poco estrafalario. Cuando nos cambiamos de barrio a una casa que tenía ducha y todo mi hermana lloró como una posesa y dos días después ya no se acordaba de el *Garban*. Debe ser el carácter propio de las mujeres; nunca las he entendido. No volvimos a vernos y nunca me lo he encontrado ni he sabido nada de él. A lo mejor fue devorado por sus zapatos Gorila.

Fuimos la generación que recibía hostias del maestro, de los padres y del lechero si te ponías a mano, pero ¡qué felices éramos! Disfrutábamos jugando en la calle corriendo y sudando como pollos. ¡Qué pocos obesos había entonces!

Fuimos la generación que no sufría por el cambio climático: si hacía calor te escondías del sol y si hacía frío te abrigabas; así nos aclimatábamos a cualquier temperatura.

A mi generación trataban de acojonarla pero de forma distinta a como se hace ahora. Hoy nos crean un terror vago e impreciso, prácticamente a todo. Antes era de forma distinta: eran cosas más bien relacionadas con el pecado y el dolor, bien es verdad que nos lo pasábamos todo por el forro.

Si no rezabas al acostarte podías morir en medio de la noche en pecado e ir al infierno. Si te masturbabas se te secaba la médula o podías quedarte ciego, lo que nos hacía pensar que el señor Manolo, el de los cupones, se había matado a pajas, y nos descojonábamos de la risa. Si comías carne en viernes también estabas en pecado mortal (prohibición absurda porque solo la clase media alta podía comer carne a menudo y estos pagaban una bula y podían comerla cuando quisieran) pero si pillabas un bocata de chorizo, pues te lo comías y que Dios te perdonase (si quería). También soy de la generación que se volvió cáustica y descreída cuando descubrió las primeras cien mentiras.

Hoy todo ha cambiado mucho porque la información está al alcance hasta de los recién nacidos, que ya pueden pedirle a sus madres si quieren pañales o compresas con alas, pero yo, si me descuido no me entero que había cabalgata de los Reyes Magos hasta los cuarenta años; primero, porque en mi infancia no había tele y segundo porque mis padres trabajaban tanto para sacarnos adelante que nunca me llevaron.

Hubiera sido maravilloso poder recordar esos padres estrujados peleándose por un caramelo y haber vuelto a mi casa con un chichón del diámetro de una plaza de toros; poder recordar ese rey negro con el cuello blanco (entonces no había negros en España, solo en las huchas del Domund).

Todo esto ya creó en mí una cierta aversión hacia la noche de Reyes, la madre de todas las *mentiras*.

Recuerdo como si fuera hoy mismo el terror que me producía esa noche en la que me sentía vigilado por unos putos enanos, que además eran muy listos y sabían si yo estaba dormido de verdad o solo lo simulaba (nunca pude dormir esa noche, aún así traían los regalos, luego no serían tan listos).

Después estaba la confusión que me producía el comprobar a la mañana siguiente que no me habían dejado nada de lo que yo había pedido y no era porque yo hubiera sido malo (que lo era) ya que en ese caso me hubieran dejado carbón. Era simplemente que no estaba lo que yo había pedido pero veía a mis padres tan felices con lo que me habían dejado que me sentía alegre por ellos.

Durante mucho tiempo este error lo achaqué al hecho de que era mucho trabajo en una sola noche para los Reyes.

Posteriormente pensé que eran unos incompetentes gilipollas. Poco después vino el desenlace final y tranquilizador de saber que eran mis padres quienes dejaban los regalos y, ya se sabe, los padres no damos para más.

Esto me hizo valorar a mis padres mucho más y siempre les estaré agradecido por sus inmensos esfuerzos.

La carta que escribí de pequeño y que mi madre guardó decía así:

"Queridos Reyes Magos:
A lo mejor os parece un poco pronto para
recibir mi carta.

Ya sé que estamos en agosto pero como mi padre dice que los Reyes traen material para el cole, abrigos, botas y esas cosas porque ustedes vienen en invierno, yo he pensado que si escribo en verano a lo mejor me hacéis un favor y como lo que yo quiero es una barca hinchable, creo que si escribo ahora es seguro que me lo traéis.

Si veis que es muy difícil sacar los renos y el trineo porque en verano no hay nieve, podéis mandarlo también en un paquete por correo y así lo recibo al día siguiente de mandar la carta, porque es fantástico que vosotros recibáis la carta al día siguiente de mandarla, mientras que cuando escribo a mi amigo Pedro el de Málaga tarda mucho en recibirla.

Hasta ahora no he sido bueno y he suspendido cinco pero como tampoco es Navidad no creo que tenga importancia. Mi padre dice que hay que ser bueno en Navidad para que vengan los Reyes, pero no me han dicho nada del verano.

De todas maneras si esto es un problema me podéis mandar la barca ahora y yo os la devuelvo pasado el verano, y en Navidad os pido cosas de invierno y a lo mejor os pido una barca hinchable pero forrada con borreguito, que así es seguro que me la traéis otra vez.

Mi padre dice que no debo ser egoísta y que en Navidad hay muchos niños que se quedan sin regalos y he pensado que, ya puestos, no me importa que le mandéis una barca hinchable a todos los niños del mundo, pero no os olvidéis de mandar la mía que a veces me pasa en invierno que pido juguetes para mí y para los niños que no tienen nada y después veo que le mandáis los juguetes a ellos y a mí me traéis lo de invierno, es decir, las cosas del cole, los zapatos y el abrigo, y pienso que soy más bueno que el pan pero muy tonto.

Bueno, no os entretengo más que voy a hacer el equipaje porque el sábado me voy a la playa a casa de mi amigo Pedro, ese que está tan lejos en las cartas, y quiero hacer sitio para la barca hinchable."

A ver qué dice ahora mi padre de lo listo que soy.

DIOS EXISTE

Cuando Merche sufrió el aparatoso accidente que la dejó inválida de las dos piernas estaba a punto de tocar el cielo con las manos.

Todo lo que había querido ser desde una edad muy temprana era *bailaora*; no bailarina, sino bailaora_de flamenco.

No lo tuvo fácil pero peleó con la misma fuerza que un percebe se agarra a las rocas para que el agua no lo arrastre.

Su vida fue una sucesión de demostraciones al mundo entero de que aquello no era un capricho.

Ella sabía que era buena en lo que hacía y quién tenía ojos en la cara también lo sabía. Tan buena era que al final sus esfuerzos se vieron recompensados y lo hicieron en forma de contrato a firmar con una gran compañía que comenzaba una gira por toda Europa.

Los días previos a la marcha fueron de locura total; Merche iba, venía y ensayaba con un frenesí desconocido.

En una de estas salidas en la pequeña moto que tenía para los desplazamientos estaba previsto que el destino le jugara una mala pasada.

Iba tan centrada en sus propios pensamientos, que no vio el coche que se desplazaba de forma lateral hasta que lo tuvo encima. Al tratar de esquivarlo, la rueda delantera chocó con el bordillo de la acera y Merche saltó por los aires yendo a pegar con una tapia: esto es lo último que pudo ver; después sólo oscuridad.

Cuando despertó en el hospital no sabía el tiempo que había pasado y su mayor preocupación era si llegaría a tiempo para la firma del contrato.

Su madre tuvo que solicitar la ayuda de un psicólogo para explicarle que habían pasado dos semanas desde que salió de casa por última vez.

Merche creyó que se volvía loca con aquella noticia, lo que no sabía era que aún estaba por venir lo peor,

Tenía la cabeza como un bombo y el desconcierto pintado en la cara. Sólo podía distinguir que sus padres estaban contentos y ella no sabía por qué si todo se había ido al carajo, si había perdido el contrato y con él una gran oportunidad.

Fue el psicólogo el que le desveló el por qué de la alegría familiar: se debía a que había pasado quince días en coma sin que nadie pudiera saber si volvería o no. Había sido casi milagrosa su recuperación; casi nadie sale tan bien librado de un accidente de esas características y nadie sabe qué tipo de lesiones pueden quedar en el caso de sobrevivir. Ella era afortunada porque no tenía ninguna secuela aparte de la ya confirmada paraplejia, no obstante ella no había tenido la culpa del accidente y podría utilizar la indemnización en su rehabilitación y bla, bla, bla...

Eso era todo lo que Merche pudo oír: un lejano bla, bla, bla, después de la palabra paraplejia.

Bastante le importaba a ella en ese instante la indemnización o quién había tenido la culpa o todo lo demás: su mundo se había derrumbado.

Ahora comprendía la alegría de sus padres y lo comprendía porque cuando su abuelo estuvo en el hospital, ella misma pudo comprobar cómo algunos padres con hijos completamente destrozados rogaban a Dios que se los dejaran aunque fuera en una silla de ruedas o como un vegetal, para comprobar dolorosamente un tiempo después, que la esencia de ese hijo que habían querido ya no estaba. Solo estaba la envoltura que recordaba a sus padres vagamente que tuvieron un hijo.

Merche sabía que no se debe pedir al cielo milagros porque a veces los concede y lo importante en un ser humano no es el continente sino el contenido, y ahora mismo su contenido era cero. Hubiera deseado que todo terminara para ella en ese recuerdo último de la tapia avanzando hacia su cabeza.

Cuando Merche regresó del hospital a su casa, ésta era como una romería: los amigos se pasaban horas dándole conversación y haciéndole compañía, pero con el tiempo las visitas se fueron espaciando, bien porque Merche no hablaba y si lo hacía era de su desgracia (estaba inmersa en su mundo de tragedia) o bien porque los humanos somos de esa naturaleza que nos empuja a huir de las situaciones que nos hace sentirnos violentos y a huir de las penas ajenas. Merche se quedó sola, pero no sola como se quedan los muertos, que a fin de cuentas no necesitan a nadie, sino sola como se quedan los vivos cuando se quedan solos.

Merche pasó por varias fases. La primera y más dura fue la de "¿Por qué a mí?". La preguntaba iba dirigida a Dios, si bien Dios nunca le contestó, bien porque no tenía nada que decirle o porque no quiso explicarle que no había motivo específico; que eso del castigo a los malos y el premio a los buenos era una filfa y no había más. Le había tocado... y le había tocado.

La segunda fase fue bastante larga y penosa porque se dedicó a dormir continuamente: el mundo le parecía más feliz cuando dormía. Lo que veía hacia dentro le interesaba más que lo que veía hacia fuera y entonces decidió vivir hacia dentro siempre, tanto cuando dormía como cuando estaba despierta.

Esto resultó complicado ya que cuando no dormía se ponía unos parches en los ojos al estilo de la princesa de

Éboli para seguir viviendo hacia dentro, pero solo consiguió además de seguir paralítica, convertirse en ciega ocasional ya que aunque se tapara los ojos, no conseguía vivir hacia dentro cuando estaba despierta y finalmente, tras un año de dolor para los padres y para ella misma, abandonó la tarea.

Ahora, dos años después del accidente, se encontraba en la tercera fase, que consistía en colocarse delante del televisor y ver una tras otra todas las películas y los documentales que ponían las veinticuatro horas del día y de la noche, con periodos de sueño que hacía en la misma cama, de la que no salía.

Este visionado de películas iba acompañado de un engullir indiscriminado de cualquier guarrería comestible cuyas calorías no bajaran de trescientas por bocado, con lo cual, Merche, antes de cuerpo atlético, elástico y esbelto, parecía ahora una ballena varada en una cama. Se daba cuenta que se estaba convirtiendo en el bicho de la obra de Kafka pero no le importaba, es más, se encontraba en la gloria: todo el día regodeándose en su desgracia. Se diría que había encontrado la excusa perfecta para no hacer nada en absoluto.

Uno de los documentales que más le gustaba y que había grabado para verlo una y otra vez era la vida de las sepias. Animales muy inteligentes y de corta existencia que morían al poco tiempo de enterrar sus huevos a buen recaudo. Le hacía pensar en lo solos que nacemos y lo solos que morimos.

Cuando los huevos eclosionaban y salían esas pequeñas sepias ya completamente formadas ¿a dónde iban? ¿qué hacían inmediatamente después? ¡Qué despiste, por Dios! ¡Qué soledad! Todas tan iguales y tan diferentes, tan individuales; no hablaban unas con otras, no se comunicaban ni se decían qué planes tenían para el futuro. Simplemente salían y seguían su vida. Ella se sentía como una sepia recién salida del huevo.

Su vida discurría en ese torpe no hacer nada. Por no hacer no hacía ni lo que debería, que era ir a rehabilitación. Sus padres se consumían viéndola pasar los días en ese estado vegetativo y le recordaban continuamente que el mundo está lleno de personas que por un motivo u otro, no han podido hacer lo que deseaban y no se terminaba por eso su vida. Había miles y miles de cosas por hacer si se lo proponía.

La respuesta de Merche era siempre la misma y siempre con el mismo desprecio: "Tú qué sabrás. Para ti la vida es fácil pero ya quisiera ver yo lo que hacías tú en mis condiciones". Con eso zanjaba cualquier intento de diálogo.

Una tarde se presentó su madre en el cuarto dispuesta a poner pies en pared y, sin dejarle decir palabra alguna, le preguntó:

−¿De verdad piensas que a todo lo que yo he aspirado en esta vida ha sido a esa mierda de trabajo que tengo de administrativa de quinta fila?

−¿De verdad piensas que todo lo que quiero hacer es la lista de la compra, fregar, ordenar armarios, tirar de una familia que jamás me pregunta qué necesito?

−¿De verdad crees que me divierte verte en ese estado y que yo he nacido para esto? ¿Crees que el castigo es tuyo y solo tuyo?

−Has sido siempre una egoísta que sólo has vivido para tu baile y tus historias sin preguntarte jamás de dónde nos salía a los demás la fuerza para poder seguir tirando, para poder seguir pasando el día a día en la misma soledad en la que tu ahora crees que te encuentras.

−Hay gente en la vida que piensa que el haber sufrido una desgracia ya es patente de corso y que pueden ser unos hijos de puta si quieren porque todo lo tienen justificado. Piensan que el mundo les debe algo y tienen que pagarlo, pero no es verdad. Eso solo demuestra que con el tiempo y sin que les sucediera nada, también serían unos cabrones porque, con desgracia o sin ella, hay personas amables y también desagradables, y punto.

Dicho esto, y con lágrimas en los ojos, la madre dio un portazo y salió del cuarto sin siquiera esperar que su hija contestara.

Aquella tarde Merche no vio la tele, simplemente se quedó esperando que la oscuridad de la noche inundara su habitación y sin habérselo propuesto, unos grandes lagrimones comenzaron a caer de sus ojos hasta empapar la almohada.

De pronto comprendió que había vivido no solo dos años como una estúpida, sino toda su vida, que era peor. No había pensado en nadie que no fuera en ella. No se había parado a pensar que en la puta vida que vivimos, para que uno suba, otros bajan. La vida era un jodido balancín y ella siempre había estado arriba sin importarle quién estaba abajo sujetando.

Se le ocurrió de repente que la vida era una broma que nos gastan en la que no intervenimos pero que, ya que estamos aquí, deberíamos buscar la mejor solución para reírnos de ella, y que a pesar de su desgracia el espectáculo continuaba.

En su desesperación volvió a retar a Dios (como hacía a menudo) pero esta vez hubo una sustancial diferencia y es que éste le contestó y le contestó de una forma muy particular: Dios se hizo oír desde dentro del precioso armario que había heredado de su abuela y que mantenía vacío en su cuarto sólo porque tenía dos preciosas lunas ovales en las que en otros tiempos había mirado de cuerpo entero su bonita anatomía.

Dios le habló en estos términos:

–Mira guapa, deja ya de retarme porque yo no puedo hacer por ti lo que tú misma no tienes ningún interés en hacer. Cuando las cosas iban bien no te acordabas de charlar conmigo y ahora, cuando las cosas van mal, no salgo de tu boca. ¿No te parece injusto?

-¿Qué esperas de mí? ¿Unas piernas nuevas? ¿Que te devuelva tu antigua vida? Pues mira, eso ya no es posible y tendrás que acostumbrarte porque esto es lo que hay ahora. Así que, o buscas nuevas opciones o te dejarás morir de pura idiotez o de un reventón, pero como habrás oído decir a menudo: yo no ayudo a quién no se ayuda.

-Mira a tu alrededor si es que eres capaz y verás que la vida continúa, que es maravillosa. Busca la felicidad. Mira cómo viven otros que están peor que tú y son felices, y lo son simplemente porque dentro de ellos está la felicidad y el impulso para seguir adelante, pero no esperes que yo te solucione la papeleta sin que tú muevas el culo.

Merche se quedó de piedra y esa noche hizo el primer esfuerzo por salir de la cama sólo para acercarse al armario y primero, horrorizarse ante su nueva imagen y segundo, comprobar que dentro del armario no había nadie.

¡Qué terrible situación! Merche había sido siempre una chica muy cabal y sabía que eso no era posible, pero todo había sido tan real, tan vivido... Claro que recordó que eso también lo decían los majaras: ¿Sería ella una más? Sólo le faltaba eso.

Su preocupación iba en aumento con aquella situación, además no se lo podía contar a nadie porque ya sería la hostia que la encerraran o empezaran a hacerle pruebas para esto y para lo otro. Ya había tenido suficiente de hospitales pero realmente tenía conversaciones con Dios. En ocasiones ni siquiera era ella la que contactaba con él, sino que él se ponía en comunicación con ella, como en esa ocasión en que Dios la despertó a las dos de la madrugada para decirle que si tenía la indemnización del accidente en una cuenta y no la utilizaba se iba a devaluar el dinero, que era mejor moverlo o invertir en bonos, que eran bastante rentables, lo cual también ayudaría un poco a la familia que estaba haciendo verdaderos esfuerzos en estos tiempos de crisis.

Cuando Merche le preguntó cómo sabía todo eso, se limitó a contestar:

—¡Coño Merche, pareces tonta! ¿No ves que soy Dios? ¡Cómo no voy a saberlo!

En líneas generales las conversaciones la estaban ayudando mucho porque Dios le daba muy buenos consejos pero en otro sentido cada vez tenía más miedo y más dudas.

Ella había oído hablar de personas que mantenían conversaciones con espíritus y gente del más allá. Incluso una vez escuchó a una señora que se comunicaba con su difunto esposo a través del microondas, pero lo suyo era demasiado: hablar con el mismísimo Dios era cosa que sólo le sucedía a los santos y desde luego ella no lo era. Y además, ahora se iba descubriendo que la mayoría de los santos estaban como una moto o tenían algún trastorno mental.

Se aterraba sólo de pensar que fuera una secuela del accidente, ¡joder! sólo le faltaba eso: además de paralítica haberse quedado más zumbada que las maracas de Machín.

También se planteaba la posibilidad de que los testimonios de gente que oían voces y se comunicaban con espíritus fueran verdad, pero los tomaban por locos.

Qué lábil era entonces la línea que separa lo real de lo imaginario. La diferencia entre la locura y la cordura no era nada, solo una cuestión de matices; así era.

En cualquier caso Merche continuaba con sus conversaciones sin decirle nada a nadie porque, como el mismo Dios le aconsejó, ahora debía centrarse en su recuperación y después ya resolvería las dudas; los problemas de uno en uno.

Su vida estaba cambiando: estaba adelgazando, iba a una asociación, hacía nuevos amigos y retomaba los antiguos; estudiaba piano, volvía a sentir la vida a su alrededor e incluso en ocasiones pensaba que el accidente le había hecho apreciar lo que tenía cerca de una forma mas intensa. Vivía en una vorágine de sentimientos y sensaciones.

El problema que se cernía sobre ella era que Dios le había dicho que ya estaba preparada y que pronto dejaría de orientarla porque ya no le necesitaba, y por una vez Merche sintió que aunque fuera Dios se estaba equivocando. ¿Cómo no se daba cuenta? Le iba a necesitar siempre, se había acostumbrado a sus charlas; ya no tenía miedo a la vida y no sabía cómo iba a suplir el vacío tan enorme que iba a dejar.

Una tarde cuando Merche estaba estudiando tocaron en la puerta de su cuarto y entró su madre, que le dijo:

–Merche, hay un chico en la puerta que dice que te conoce y que quiere hablar contigo un momento, que no va a molestarte mucho pero que es importante lo que tiene que decirte. Creo que es el vecino de arriba.

Merche le dijo a su madre que pasara.

Cuando su madre cerró la puerta, en lo primero que se fijó Merche fue en que el chico estaba como un cañón, pero su sorpresa fue mayúscula cuando al preguntarle quién era el muchacho contestó: "Soy Dios".

Cuando Merche logró encajar la boca, el supuesto Dios le dio razones más que convincentes para que no se tirara de la silla y saliera reptando a pedir auxilio.

Ramón le contó que, efectivamente, era el vecino de arriba y que había estado enamorado de ella desde que tenía uso de razón pero que, debido por una parte a su timidez y por otra a que ella siempre había pasado de él, pues nunca se había atrevido a ponerse en contacto con ella.

Ahora Merche recuerda alguna intentona del vecino cuando él parecía una paella valenciana, vamos, en plena adolescencia, pero ¡joder! ahora era otra cosa; sabía que un gusano podía convertirse en mariposa pero esto superaba todas las posibilidades de la madre naturaleza

Ramón descubrió hace años que podía escuchar todas las conversaciones que Merche tenía en su cuarto. Lamentaba profundamente semejante intromisión en su intimidad pero no podía (tampoco quería) hacer nada por evitarlo: las conversaciones se escuchaban a través del respiradero.

Ramón tenía la intención de habérselo comunicado a la familia para ver cómo podían solucionarlo pero se dio la circunstancia del accidente y, viendo cómo sufría Merche, decidió aprovechar en favor de ella aquello de lo que él se había beneficiado durante tanto tiempo.

La idea se le ocurrió tras tantas noches de oírla retar a Dios, ¿quién mejor que el propio Dios para responder a sus preguntas?

El respiradero que hay en casa de Ramón coincide con uno que en la habitación de Merche se encuentra situado detrás del armario de la abuela, aquel de las lunas ovales que al estar vacío hace de caja de resonancia.

Ramón le explica que ya no podía más con aquel engaño, que su conciencia le estaba empezando a pasar factura y que ahora que sabe (él mejor que nadie) que está recuperada. Necesitaba contárselo y necesitaba su perdón.

Merche le miró de arriba abajo y le contestó:

—Siempre me había imaginado a Dios de otra forma: con túnica blanca, una luz cegadora y un triángulo en la cabeza, pero no sabes cómo me alegro de no haberte perdido. Para mí, tú siempre serás mi Dios.

Cinco años después Merche no ha recuperado sus piernas pero a cambio ha recuperado su vida; es completamente feliz. Toda la fuerza que movía sus piernas mueve ahora sus manos y está dando pequeños conciertos de piano en los que siempre hay una localidad muy especial para sus padres y para su marido, Ramón.

LUZ DE LUNA

Qué contenta estaba Encarna con su ventana.

Hay gente que está contenta con su perro, con su marido, con su coche... Encarna estaba contenta con su ventana, por la que había peleado durante siete largos años.

Cuando compró la casita adosada en esa urbanización y vio que la ventana del dormitorio estaba en la pared de su lado pero en los pies de la cama, casi le da un síncope; hasta la entrega de llaves fue una batalla campal con la empresa constructora. Pero nada, que no hubo manera; al capullo del arquitecto de turno, que no iba a dormir en aquel dormitorio, se le puso en los huevos que no se podía cambiar porque entonces rompía la estética que había diseñado para el exterior.

Todo el mundo le decía que por qué no daba la vuelta al cabecero de la cama y ya tendría ventana, pero era imposible ya que el cuarto tenía todos los conectores en el lado contrario; la puerta y todo en aquel dormitorio estaba hecho para que Encarna no tuviera su ventana.

Parece una tontería pero ella necesitaba ver el cielo hasta que se dormía. Abrir en las calurosas noches de verano y que corriera la brisa de la madrugada: esto es algo que no puede entender quien no lo necesita.

Como en la opinión de su marido y del mundo en general era una manía, Encarna no podía pedir alegremente que una vez hecho el desembolso que supone comprar una casa nueva volvieran a meterse en obras para abrir otra ventana.

Encarna, mujer de paciencia infinita y acostumbrada a tener que pelear mucho las cosas que quería, esperó y esperó. A los siete años de estar en aquella casa y por decisión de su pariente, se iniciaron unas obras para cambiar un cuarto de baño en el cual se iba a sustituir una bañera por un plato de ducha, teniendo en cuenta que ya iban para mayores y en pro de la seguridad.

Encarna aprovechó esta coyuntura para volver a exponer el tema de la ventana y barrenó y barrenó argumentando que ya verían lo bien que iban a dormir en verano cuando entrara más aire, y tanto y tanto dio la tabarra que al final lo consiguió.

¡Qué contenta estaba! Cada noche abría las cortinas y veía el cielo hasta que se quedaba dormida. Igualmente, cuando llovía, le parecía un lujo poder estar viéndolo desde la cama como si de una película se tratara. Las noches con luna le encantaban porque la cama parecía de plata.

Una noche de luna llena se despertó de repente y vio como le enviaba uno de sus rayos que justo le dio en la frente. Notó una especie de quemazón como cuando te queman con un cigarro y se quedó dormida inmediatamente.

A los dos días detuvieron al hijo de puta que le reventó la cabeza de un tiro en la frente, total, para robarle dos anillos y veinte euros que tenía encima de la mesilla.

EN TREN DE LAS 7.30

¡Vaya por Dios! Ya está llorando de nuevo.

Ansiedad residual lo llama su terapeuta pero ella lo denomina *principal*, porque principalmente lo que le ocurre es que la pena la desborda; comienza a subirle por la garganta como un caballo desbocado y entonces las lágrimas se derraman a borbotones.

Para entonces lo mejor es dejarlas fluir, y de la misma manera que algunos medicamentos se diluyen en agua, su pena se diluye en un sinfín de llanto.

Definitivamente se deja caer en el recuerdo y, como si hubiera salido de su cuerpo, se ve soñolienta, caminando hacia el tren que le lleva a las inmediaciones de su trabajo y escucha la voz de su madre diciendo:"Vamos remolona, que a quien madruga Dios le ayuda".

Las puertas del tren emiten un sonido que le recuerda el piafar de los caballos. Ella sube y se acomoda en el asiento de siempre.

Sentado enfrente de ella va medio amodorrado un muchacho de color de un tono dorado oscuro precioso; es un chico muy guapo.

Se fija en la cicatriz que le recorre la mejilla como un latigazo y que termina en la comisura de sus abultados labios, en una especie de pequeño cráter que le confiere un gesto casi como si riera de medio lado.

Se pregunta qué historia se esconde detrás de esa cicatriz y la respuesta viene en forma de estruendo: Todo es humo, confusión y silencio...

Cuando el humo comienza a disiparse lo que ve le parece formar parte de una pesadilla. Piensa: "¿Me habré dormido durante el trayecto?".

Hay sangre, humo, desesperación en las caras.

Ella está sentada y nota algo caliente que le cae desde las orejas. Toma consciencia de que tiene reventados los tímpanos.

Mira al chico de la cicatriz: sigue allí, pero ahora está como desparramado y aunque no ve sangre sabe que algo no anda bien.

Cuando intenta ponerse en pie se cae como una pelota y ve que tiene una pierna arrancada de cuajo, aunque no siente dolor. Curiosamente, en esa situación solo se le ocurre pensar en el cuento de *El soldadito de plomo*.

Desde el suelo coge por las mangas del pantalón al muchacho y comienza a arrastrarlo con fuerza hasta que los dos caen a la vía.

Pasa el tiempo. Tiene sensación de horas y va viendo con terror como el muchacho se va volviendo más y más gris. Se da cuenta que está muerto y piensa que la muerte nos iguala a todos seamos del color que seamos. La muerte, que nos vuelve grises o verdosos como muñecos de cera.

Nota que tiran de ella pero no piensa soltar al chico y no consiguen despegarla hasta que un pinchazo hace que todo se vuelva negro.

No ha sido una pesadilla, es real Hasta ese momento todo ha sido lucha; el trauma vendrá después.

Ya sabe por qué llora sin ton ni son: Hoy vuelve a ser 11 de marzo y nunca ha olvidado al chico gris.

NUNCA TE FÍES DE UN ASESOR

El pequeño cortejo fúnebre que había portado el féretro hasta su última morada se deshizo a las puertas del cementerio. El día no podía ser más típico: caían chuzos de punta y a las pocas personas asistentes se les veía inquietos por alejarse de allí. Unas últimas condolencias, besos y apretones de manos marcaron el final de un adiós.

A través de los cristales del bar cercano al cementerio alguien observaba la escena y esperaba pacientemente.

Pasados unos minutos el observador que permanecía en el bar vio acercarse hacia allí al cuarteto de enlutados y, antes de que entraran y le descubrieran fisgando, se dirigió al fondo de la barra y pidió su segundo carajillo.

Los hombres entraron, se sacudieron la lluvia, el frío y la tristeza de la misma forma que lo haría un perro. Se acomodaron en la barra y pidieron café y copas.

No habían terminado el café cuando Romualdo (Rom para los amigos y desde ahora) notó un calor en la nuca como si se la estuvieran perforando, se dio la vuelta y allí estaba taladrándole con la mirada aquel hombre del fondo de ojos pequeños que le recordó mucho a Alfredo Landa.

Rom continuó con su charla como si nada pasara pero era tal la insistencia de la mirada que decidió acercarse y preguntarle:

–Perdón caballero ¿nos conocemos de algo?

–Bueno, tanto como conocernos no diría yo pero sí que tenemos asuntos pendientes.

–Pero oiga, yo no le conozco de nada y mucho menos de tener asuntos pendientes, ¿me lo puede explicar?

Dado que Rom empezaba a levantar el tono de voz y dado también que el sujeto en cuestión no quería hacerse notar, le hizo una señal llevándose el dedo índice a los labios y diciendo:

–Chisssch, no se preocupe. Atienda ahora a sus amigos que yo le espero en aquella mesa apartada. No tengo ninguna prisa, tengo todo el tiempo del mundo.

Rom volvió desasosegado al grupo: ya no tenía ganas de hablar con sus compañeros; solo quería que se fueran y poder aclarar lo que sin duda tenía que ser un malentendido.

Pasados diez minutos largos pagaron, salieron del bar y se fueron despidiendo. Rom salió con ellos para disimular y en el momento en que se dispersaron y ya no se les veía volvió de cabeza al bar, se dirigió a la mesa donde le esperaba el hombre y le espetó:

–Y bien, ahora ya puede decirme quién es usted y de qué me conoce.

–Por favor caballero, no me diga que no ha reconocido mi inconfundible olor a azufre; soy el mismísimo Belcebú o Diablo, como prefiera llamarme.

–Pero bueno ¿usted está loco o me quiere tomar el pelo? Esto tiene que ser una broma. ¡Explíquese de una vez o llamo a la policía!

–Ni lo uno ni lo otro –le contestó su interlocutor. Siéntese y no llame a nadie, no creo que le convenga. Vamos, tranquilícese y yo le explicaré.

–Recuerde, hace una semana usted había dicho: "Vendería mi alma al diablo por el puesto de don Ramón".

Pues bien, don Ramón acaba de ser inhumado y yo estoy aquí para reclamar lo que es mío por derecho.

Rom no daba crédito a lo que le estaba pasando pero lo cierto es que lo había dicho y no solo eso, sino que la desaparición del susodicho don Ramón le iba a reportar pingües beneficios y no solo económicos.

–Pero hombre de Dios... ¡perdón! ¿Cómo se presenta usted a hacer un pacto de esta índole aquí en la barra de un bar de mala muerte?

–Caballero, no se confunda. De toda la vida las barras de bar han formado parte de los pactos más diabólicos del mundo y además, en sitios peores he pactado yo.

–Y encima con esa pinta de actor barato... ¡Qué barbaridad, ya nada es lo que era! Siempre le imaginé con unas fortísimas patas de cabra y una cornamenta de siéntate y no te menees.

–Bueno, ya está bien de tanta ofensa. Yo adquiero el estilo que me da la gana y para venir a este garito comprenderá usted que no iba a venir de lagarterana y además, lo de la cornamenta últimamente provoca hilaridad y bueno, que ya está bien, aquí hemos venido a pactar y punto.

–Pues puede que tenga usted razón, pero a lo que nos ocupa. ¿Ahora qué hacemos? ¿Soy su esclavo o qué? No sé muy bien en que consiste esto. Ahora es usted el dueño de mi alma, pero antes que nada... ¿qué es el alma?

–Pues figúrese qué puedo decirle yo que lo tengo todo lleno de almas y todavía no le puedo explicar a ciencia cierta...Ya no sé qué hacer con ellas y ahora, otra más. El retrato de Dorian Gray hizo mucho daño porque desde entonces la gente vende su alma al diablo por un quítame allá esas penas y ya estoy al borde de la desesperación. ¡Ay la Edad Media! ¡Eso sí fueron buenos tiempos! –los ojos de aquel pobre diablo chisporrotearon.

–Bien mirado tiene usted razón. Nosotros le ofrecemos nuestra alma, que es algo vago, intangible, abstracto y algo por lo que ya nadie siente aprecio. A cambio le pedimos la belleza, la riqueza, la inmortalidad. ¡Qué trueque tan desigual!

Viendo la desesperación en la que se iba sumiendo aquel pobre diablo, Rom ya no sabía por dónde salir de la situación pero él, que siempre fue un águila para los chanchullos, tuvo una idea brillante que de inmediato le vendió en la siguiente forma:

–Mire, porque tiene usted buen estilo y me ha caído bien; le voy a hacer una oferta que no va a poder rechazar: Yo soy asesor financiero y como tal asesoro, y si las cosas van bien el cliente y yo ganamos, pero si van mal solo el cliente se la juega. No sabe usted bien la cantidad de ruinas que yo he causado, pero ruinas: ruinas de suicidio o peor. En el fondo usted y yo somos muy parecidos y lo que le propongo es que si yo ocupo el puesto de don Ramón y usted ocupa el mío la asociación no puede ser más perfecta, amén de que los dos nos beneficiamos: yo porque descanso y no tendré que darme un tiro un día de estos y usted porque se ahorra un alma y no abandona totalmente la maldad.

Desde el deceso de don Ramón, Rom tiene tiempo hasta de aprender a jugar al golf y los clientes que entran en las nuevas oficinas, que son cientos, notan un fuerte olor a azufre, aquellos que lo han olido alguna vez. Los que no, piensan que es una nueva colonia de Jean Paul Laparí que usa el nuevo asesor.

IN MEMORIAM

Las primeras lluvias otoñales habían dejado una fina película de polvo en el porche de la casa, que le daba un aspecto de abandono y tristeza. A Laura le gustaba. Se sentía bien allí, con las piernas cruzadas sobre el sofá y pensando en sus cosas. A esas horas no había ruido y nadie le molestaba. Eran las dos y media de la madrugada pero no le importaba trasnochar, más bien al contrario, su mejor momento del día era precisamente la noche.

Cierto es que los psicólogos dicen que en la noche es más probable la aparición de miedos porque en la oscuridad, real o simbólica, se pierde el camino. Pero eso a Laura le importaba bien poco

Estaba ahí sentada, contenta. Por fin tenía el regalo ideal para su marido por su 50 cumpleaños; le había costado pensarlo porque cada vez iba siendo más difícil regalar algo que le agradara pero estaba segura de haber acertado.

De su marido se podían decir muchas cosas y una buena parte de sus conocidos diría que era un sujeto un poco peculiar.

Daba clases en la Universidad de" da lo mismo" con unas ciertas ínfulas pseudos- intelectualoides y cuatro pesetas de modernidad a pesar de estar entrando en la cincuentena. Era escritor de medio pelo; había publicado algunas cosas con mayor o menor éxito por las que había recibido algún premio y como no, ejercía en sus ratos libres como crítico literario.

A pesar de sus chorradas de maduro intelectual Laura lo admiraba. La admiración en parte venia porque él era capaz de escribir, bueno o malo, pero lo hacía y sin embargo ella, que tenía verdadera vocación, no se sentía capaz. Alguna vez lo había intentado pero siempre se encontraba con las críticas demasiado ácidas de él. No tenía la capacidad necesaria para aguantar sin desmoralizarse y abandonaba de inmediato. No se sentía capaz de desnudar su alma en plaza pública, ni con su verdadero nombre ni a través de un personaje ficticio.

Le parecía admirable esa especie de esquizofrenia que se produce cuando se crea un personaje: meterse en su piel, sentir lo que sentiría, sus mismas inquietudes, los mismos miedos; tanto, que al final descubres que se podría convertir en ti mismo o viceversa.

A Laura se le había ocurrido que el regalo ideal para un escritor podía ser un libro, pero no un libro cualquiera, sino uno diseñado para él. Un libro único y del que solo se imprimiría un ejemplar. Un regalo excepcional en el que todos sus conocidos expresaran lo que pensaban de Raúl, que así se llamaba.

Laura había comunicado a todos sus conocidos, allegados, familiares, etc, que se había abierto un correo electrónico al que deberían enviar sus escritos, con los que se confeccionaría una sola copia de un libro único. Con una sola condición: que tenían que escribir acerca de Raúl como si estuviera muerto.

La idea había partido de un funeral al que había asistido pocos días antes. El finado en cuestión había sido un capullo en vida. La muerte le sobrevino de la misma manera absurda: murió de unas cagaleras atroces que pilló en un país en el que se gastó todo lo que tenía, dejando a su familia en la más negra de las ruinas.

La pareja del difunto siempre creyó que el pobrecillo se financiaba un proyecto de investigación que iba a revolucionar el mundo de los corchos del vino. Lo que de verdad nunca supo, o no quiso saber, era que el negocio en cuestión era turismo sexual continuo.

A Laura le maravillaba el hecho de que, por muy estúpido que uno hubiera sido en vida, después de muerto todo fueran alabanzas y recordatorios de lo que había hecho bien (si lo había hecho y si no se buscaba). Aunque fuera muy poco todo se magnificaba después de la muerte.

Debe haber un pacto no escrito, pensaba; una costumbre ancestral o simplemente miedo que nos impide hablar mal de los que ya no están, la creencia de que si hablamos mal de ellos, el más allá en pleno se nos va a echar encima cualquier noche (porque seria de noche) y nos va a arrastrar al muchísimo más allá entre terribles dolores.

En fin, de cualquier manera Laura lo que pretendía era darle un pequeño homenaje en vida y que no tuviera que perderse lo que dirían todos sus allegados cuando ya no pudiera leerlo.

Ni que decir tiene que el libro fue un éxito. Se llenaron páginas y páginas que rebosaban miel. Hasta sus alumnos alabaron su calidad como docente: esto fue lo más halagador.

Poco sabía Raúl que aquel regalo iba a ser un caramelo envenenado. De haberlo sabido no lo hubiera aceptado, o al menos, no se habría empeñado en leer cada una de las páginas que contenía, pero la vanidad del hombre es grande y siempre nos lleva a la perdición.

El día del cumpleaños tan solo pudo hojear algunas de las cartas pero días después, con tranquilidad, fue leyéndolas todas, una por una. La mayoría eran muy previsibles y aunque no hubieran estado firmadas, que lo estaban, podría haber dicho de quién era cada una de ellas pero al llegar a la penúltima página, se quedó sorprendido de lo que estaba leyendo. En la página en cuestión solo ponía: "Usted fue el responsable de la muerte de mi madre y en su epitafio solo pondrá:"Vivió como un pedante y murió como un estúpido." Sin más, sin una firma, sin unas iniciales. Después de eso solo quedaba el resto de la página en blanco, el vacío más absoluto.

Lentamente empezó a repasar su vida. Se había esforzado por hacer las cosas de tal manera que su conciencia no le reprochara nada. Hasta el momento había sabido mantener sus cuentas afectivas a cero, es decir, nada en el debe aunque tampoco nada en el haber.

Había sido un hombre de fuertes convicciones, nunca había dicho *sí* cuando pensaba que era *no*, y viceversa. Había procurado ser honesto con él y con los demás. Había dejado, eso sí, poco espacio para las emociones, pero eso a fin de cuentas le había perjudicado más a él que a nadie.

Qué estúpidos somos los humanos. Pensamos que el mundo se rige por nuestra forma de hacer las cosas, por nuestras creencias, y no nos damos cuenta que hay tantas formas de hacer las cosas y tantas creencias diferentes como gente hay en el mundo. ¿Por qué iba a ser nuestra formula la correcta?

Creía Raúl conocer a todo el mundo y de pronto se topaba que había alguien, una persona de su entorno de quien no sabía absolutamente nada. Por no saber no sabía ni el nombre ¿Cuántas más habría? Repasó otra vez todas las cartas y se dió cuenta que realmente sabía muy poco de cada uno, incluida su propia familia.

Aquella noche la pasó en vela y así, como los antiguos caballeros velaban sus armas, el veló su desolación, su angustia. Su mundo seguro y ordenado se venía abajo por una carta desconcertante. Había perdido el norte. La cabeza le giraba como un tiovivo y se sintió presa del pánico ante la idea de que lo que acababa de leer pudiera finalmente ser su epitafio.

Cuando Laura se levantó para preparar café lo encontró en su despacho hecho un auténtico guiñapo: arrugado como una manta vieja, con los ojos enrojecidos. Tuvo la impresión de que en una sola noche había cumplido diez años más.

Le preguntó si se encontraba bien y por respuesta obtuvo una pregunta desenfocada y triste acerca de cómo había conseguido las cartas para publicar el libro. Laura le explicó el procedimiento que había utilizado: Se había abierto una cuenta de correo que él desconocía y ahí se habían ido enviando los correos. Según iban enviando se imprimían y luego se lo entregó todo a su editora para la confección del libro.

–¿Has leído todos los correos? preguntó Raúl.

–No, que va, ya has podido comprobar que eran muchos. Pero ¿qué te pasa? Estás más raro que un perro a cuadros. Creí que te había encantado el regalo.

–Sí, si el regalo me ha encantado pero me ha sucedido una cosa muy extraña y quería comentarla contigo.

Raul le contó lo que había pasado al llegar a la penúltima página y Laura no le dio la menor importancia: sabiendo cómo eran sus amigos seguramente sería alguna broma que terminarían confesando.

Pero para Raúl no era una broma, una voz interior de esas que tenemos y que la mayoría de las veces nos avisa cuando las cosas ya han pasado, le decía que aquello iba en serio. Había saltado la alarma y ya nada era igual.

Para empezar, cualquiera de los que le rodeaban era sospechoso, esto incluía a su propia mujer, a sus padres. Cuando pensaba en todos era en todos sin excepción.

Al día siguiente, Raúl, viendo que no se calmaba, decidió hacerle una visita a Virginia, su editora, y prácticamente sin dejarla hablar abordó el tema:

–Virginia, cuando preparaste el libro, ¿no te pareció extraña la carta de la penúltima página? ¿Por qué la incluiste?

–Pues no, no me pareció extraña tratándose de vosotros, que sois unos *snob*; incluso pensé que la habíais escrito

Laura o tú mismo como contrapunto a tanta pastelería como hay en el dichoso libro.

–No bromees Virginia, esto es muy serio. Nosotros no hemos sido y tiene que haber alguna manera de enterarse quién ha escrito esa puta carta.

–Joder Raúl ¿qué te pasa? ¡Estás paranoico perdido! Deberías pensar más en tu siguiente libro y menos en gilipolleces, que últimamente estás en dique seco.

–No sé Virginia, puede que tengas razón en lo de que me estoy quedando un poco majara pero es que no logro sacármelo de la cabeza.

–Mira, si estás tan preocupado ¿por qué no rastreas las direcciones de correo de las cartas recibidas? Quizá por ahí puedas enterarte.

–Eres un sol. No sé como no se me había ocurrido, pero ya te digo que no tengo la cabeza en mi sitio. Te lo agradezco mucho y en cuanto solucione esto, te prometo que tendrás tu siguiente libro.

Cuando volvió a casa le preguntó a Laura si mantenía los correos que le habían enviado en su ordenador. Laura le contestó que no, que los había borrado porque ocupaban mucho espacio.

Laura se empezó a asustar al ver como se le iba descomponiendo la cara a Raúl, era la primera vez que le veía así en toda su vida, daba la impresión que los ojos se le iban a salir de las cuencas y la tensión se le debía estar disparando.

–Laura, esa carta era muy importante para mí y ahora he perdido la posibilidad de saber quién la ha enviado.

Ni Raúl ni Laura habían sido nunca unos genios de las tecnologías; utilizaban sus ordenadores, como se dice ahora, para los que no tienen ni puta idea a nivel usuario, pero Javier, informático y compañero de Laura, le dio el teléfono de un amigo suyo que era muy bueno como pirata informático en sus ratos libres.

Anselmo, el pirata, logró recuperar las direcciones de correos en las que figuraban las cartas y, dado que Raúl le había prometido una buena suma de dinero si le decía a quién pertenecían las direcciones, le prometió que se dedicaría en exclusiva a su trabajo.

Mientras tanto, Raúl iba entrando en un estado que iba alternando el catatónico con el paranoico.

Una semana después, lo que a Raúl se le antojó un año apareció Anselmo con los resultados de su trabajo:

–Hola Raúl, te traigo el trabajo tal como te prometí y el resultado es empate. Hay una noticia buena y una mala ¿por dónde quieres que empiece?

Raúl ni siquiera contestó a la pregunta.

–Está bien, ya veo que no estás de humor para chistes. La mala noticia es que una vez rastreadas las direcciones de correos, cada una se corresponde con una de las cartas y efectivamente son de familiares y amigos, pero la que a ti te interesa no podemos saber a quién corresponde porque se abrió desde un cibercafé y ahí no te piden ni el carnet para utilizar el ordenador, con lo cual fin de la historia: personaje anónimo y desconocido.

–¿Y cuál es entonces la buena noticia?

–La buena noticia es que tienes una dirección de correo a la que escribir si quieres ponerte en contacto con el sujeto x.

–Y para qué me sirve hacer eso, lo más probable es que nadie conteste, que solo abrieran la cuenta para mandar la carta y punto.

–Piensa con lógica Raúl. Nadie se toma tantas molestias solo para incordiar un poco; tú estás completamente jodido por lo que te han enviado pero quien quiera que sea, quien escribió la carta, también está jodido y probablemente deseando contar su historia. Inténtalo, con eso no pierdes nada y es tu única posibilidad, eso o nada.

Esa misma noche Raúl escribió un mensaje sin mucho convencimiento, en el solo ponía: "¿Quién eres?".

A estas alturas de la película, Raúl estaba desquiciado de los nervios. Nunca pensó que una simpleza como aquella fuera a obsesionarle tanto, pero cada noche necesitaba sus pastillas para poder conciliar el sueño; gritaba a sus alumnos, rehuía a todo bicho viviente y se pasaba horas enteras delante del ordenador incapaz de hacer otra cosa que mirar la pantalla en espera de una contestación.

Pasaron días, semanas, antes de que Raúl recibiera la primera respuesta, que le quemó los ojos como si le hubieran disparado con un soplete y que solo decía: "¿Y quién eres tú?".

Raúl escribió: "Soy tu víctima. La persona a la que estás destrozando la vida. Dime quién eres y da la cara. Yo no he sido nunca una personal cruel y mucho menos he matado a nadie. No sé quién era tu madre y no sé quién eres tú, por lo tanto dime lo que tengas que decirme y déjame en paz. Por favor, devuélveme mi vida."

El siguiente mensaje que recibió decía: "No puedo por el momento revelarte mi identidad pero sí te diré que soy una persona muy próxima a ti, de tu entorno, aunque es cierto que éste es muy extenso y no todos te adoran a pesar de lo que ponía en las cartas de tu dichoso libro. Hay muchas formas de ser cruel, Raúl, y con mi madre ejerciste el peor tipo de crueldad que fue el desprecio, la humillación,la prepotencia. Resulta curioso ver cómo ahora pides que te devuelvan tu vida cuando tú arruinaste la de una persona sencilla que no te había hecho daño.

Raúl supo que Anselmo tenía razón: aquel loco furioso deseaba a gritos contar la historia de su madre y no le dejaría en paz hasta haber terminado. Pero ¿qué pasaría entonces si no lograba descubrir quién era? De lo que sí estaba seguro era que debía mantener la correspondencia y trabajar con guante de seda.

Los días pasaban y salvo una ráfaga tras otra de reproches la historia no terminaba, pero tampoco empezaba, lo cual destrozaba los nervios de Raúl, que ahora había puesto un detective a su mujer convirtiéndola en su principal sospechosa. No sabía para qué, pero de momento sería bueno saber si visitaba cíber-cafés.

Había pasado un año desde aquel infausto día en que le habían hecho el regalo. Volvía a ser su cumpleaños y su deterioro era más que notorio; sólo sus padres, su esposa y unos pocos amigos íntimos que le aguantaban, a pesar de su impertinencia, asistieron a su *cumple* y más que felicitarle se consolaban unos a otros como si de un funeral se tratara. Se decían que la racha pasaría y todo volvería a su sitio aunque ya nadie se lo creía. Su paranoia iba en aumento hasta el punto que le habían cesado temporalmente en la universidad por darle una paliza a un alumno al grito de: "¡Eres tú cabrón, lo sé y voy a acabar contigo!".

Deambulaba por la casa y miraba por detrás de los visillos para comprobar que nadie le seguía.

Esa noche abrió el correo como hacía cada media hora y allí estaba la carta final, la que le daría la puntilla.

Empezaba así: "Hola Raúl, sé que hoy es tu cumpleaños y quiero al fin contarte la historia. Ponte cómodo porque la contaré de principio a fin."

Mi madre se llamaba Isabel. Murió o se dejó morir hace dos años. Probablemente el nombre no te dice nada porque era un personaje anónimo para ti, tanto como yo, que nunca has sabido ni has preguntado por mi familia o por algún dato de mi vida. Las personas hemos sido para ti una fuente de recursos sin más, a pesar de tu supuesta bondad, lo que no sirve no interesa.

No tuve una relación demasiado estrecha con mi madre en la adolescencia pero ¿quién la tiene con esa edad? Empecé a valorar sus cosas cuando me fui a estudiar a otra ciudad: será porque no se valora lo que se tiene cerca.

Antes de marcharme de casa mi madre y yo discutíamos continuamente. Con la distancia comprendí que no discuten los que son diferentes, sino los que son iguales.

A los hijos no nos gusta reconocer en nosotros los defectos de nuestros padres. No queremos que nos pongan un espejo delante, negamos la igualdad continuamente pero está ahí y nos obliga a discutir porque la discusión ejerce una función de talismán que nos hace creernos a salvo de esos defectos; los alejamos de nosotros como cuando compramos en un bazar una piedra para evitar el mal de ojo o cosas similares.

Como decía, mi madre era un poco marciana pero encantadora; era una mujer fuerte y a su manera, sabia. Le encantaba escribir y los cuadernos bonitos donde iba haciendo siempre comienzos de relatos que nunca terminaba, más que nada porque se le ocurrían grandes proyectos que luego no sabía como plasmar, por eso sus relatos eran siempre breves, directos, como un rayo; todo en su vida era así: impulsivo, poco premeditado. Ella escribía lo mismo que otras personas hacen ganchillo o punto de cruz. Era su hobby.

Se pasaba la vida enviando relatos cortos o pequeños cuentos a concursos y nunca ganó nada, cosa que tampoco le importaba, lo hacía por puro placer.

Un día tuvo la desgracia de enviar un relato que comenzaba así:

"Los faros, esos mitos de piedra y cemento que nos avisan de un peligro en medio de la oscuridad, de la niebla; que nos protegen y nos dirigen pero ¿dónde nos dirigen?".

¿Te va sonando de algo el relato o todavía no te suena, Raúl? Es igual.

El relato se desarrollaba en una pequeña aldea de la costa de la muerte en Galicia, a principios de siglo. En ese pequeño pueblo existe un faro en el que a pesar de no haber farero, puntualmente se enciende al caer la noche.

Hasta esta aldea perdida llega un joven médico que se siente feliz entre aquella gente de vida sencilla, algo hoscos y silenciosos. Pero no le molesta, es lo que necesita para poner un poco de paz en su vida.

Poco a poco se va dando cuenta de detalles que atraen su atención de manera preocupante. Uno es que a pesar del fenómeno ya de por sí extraño del faro autónomo, tienen el mayor numero de barcos hundidos, no ya de la zona, sino de toda la costa española.

De estas noticias se entera a través de la prensa que le envía un amigo de Madrid por correo, para que esté al día, ya que en la aldea ni hay prensa ni nadie comenta nada de estas terribles desgracias.

Llega el verano y el joven médico entabla amistad con la hija del veterinario de la zona que, por estar estudiando en Santiago de Compostela, solo va a la aldea a pasar las vacaciones. La chica le comenta que conoce el fenómeno del faro como lo conocen todos pero que nunca nadie ha querido hablar de ello, pero sí le resulta curioso un detalle: ningún aldeano de allí sale ni regresa del puerto mientras el faro está encendido. Incluso se ha dado el caso de algún pescador que, al hacérsele tarde para regresar al puerto, ha preferido pasar la noche en alta mar.

Le cuenta también que el antiguo farero es el único superviviente de un accidente ocurrido hace muchos años, después del cual nunca volvió a haber farero aunque, como el bien sabe, tampoco hace falta.

Lleno de curiosidad el médico le pregunta si podría decirle dónde se encuentra el farero para poder hablar con él y para su sorpresa, la chica le informa que se encuentra recluido desde aquel aciago accidente en un monasterio de difícil acceso y al que sólo se llega caminando.

Dispuesto a averiguar los misterios que esconde la aldea y su faro, el médico decide ir a hablar con el antiguo farero y una mañana sale dispuesto a no volver sin respuestas.

Llega tras largas horas de caminata por caminos intransitables al monasterio indicado y le recibe el abad, que le pide por favor que no moleste demasiado tiempo al viejo farero. Es un hombre que ha sufrido mucho y que de poco le va a servir en su investigación ya que, cuando recuperó el conocimiento después del accidente, solo repite una frase sin sentido alguno.

Cuando al fin el médico logra ver al farero, se encuentra con un anciano con la mirada perdida en un horizonte inexistente. Decrépito y encogido sobre sí mismo, en posición fetal, y de su boca balbuceante sólo sale una frase monocorde y repetitiva: "Su energía es la de ellos, su energía es la de ellos".

El médico se aleja desmoralizado y comprende que el viejo no le va a servir de ayuda para aclarar tanto misterio.

Con el tiempo, va aceptando el carácter huraño de la gente de la aldea y comienza a no pensar en todas las cosas anormales que allí suceden.

Un precioso día de verano viene a visitarle el amigo de Madrid que le envía los periódicos y deciden, como ha hecho en otras ocasiones, salir a navegar un rato.

El mar está precioso, con una suave brisa. Cientos de gaviotas sobrevuelan la zona y caen en picado para conseguir pequeños peces: es un espectáculo de luz y aromas increíble.

Conversando animadamente, no se dan cuenta que se aproxima la noche, entonces el médico recuerda que nadie debe entrar ni salir después de la puesta de sol, pero aún falta un poco y piensa que les dará tiempo; tienen que arriesgarse pues su embarcación no es de un tamaño ni envergadura para poder pasar la noche en alta mar.

Aceleran todo lo que pueden pero de pronto el cielo pasa de rosado a negro. Donde hace un minuto no había ni una sola nube, aparecen ahora unos nubarrones que no presagian nada bueno. Se desata en cuestión de minutos la mayor tormenta que recuerda desde que está en la aldea. Los rayos caen a su alrededor con una furia asesina. La barca se les anega y no les da tiempo a sacar el agua; están empapados y a pesar de la adrenalina que corre por sus venas, empiezan a notar el frio y el cansancio.

¡Aleluya! Están casi al lado de la aldea. Pueden distinguir la luz del faro: están salvados. La luz se acerca más y más, es cuestión de segundos y de repente un silencio que les ensordece se abre a su alrededor. Intentan hablar pero solo se ve el movimiento de sus bocas, no están diciendo nada. Demasiado tarde para ellos. En el último momento el médico comprende que esa luz protectora del faro no es otra que el túnel y la luz que dicen ver todos los que van a morir de manera inminente.

El faro sigue luciendo. En la aldea nadie se asombra ni pregunta por el médico.

–Bueno Raúl, este es resumido el relato que envió Isabel a ese concurso en el que tú, en calidad de crítico, te encontrabas en el jurado y tuviste la deferencia de enviarle una carta a mi madre.

Mi madre estaba acostumbrada a que nadie contestara a ninguno de sus relatos, no tenía entidad ninguna; no formaba parte de ese círculo que, como los antiguos césares, da y quita en función de no se sabe muy bien qué, porque tú como yo, no nos engañemos, sabemos que en esa sociedad de bombos mutuos, a veces incluso se premian libros que no sirven ni para encender la chimenea.

Pero en fin, sigamos. En la carta que enviaste a Isabel le decías:

"Querida Señora. (ni siquiera la llamabas por su nombre): Decididamente, debería dedicarse a sus labores. Su relato carece de rigor histórico, se permite todo tipo de licencias y no está debidamente documentado. Por añadidura, carece usted de recursos estilísticos. El relato lo podía haber escrito un niño de doce años para un concurso del colegio pero aquí somos gente seria y preocupada por las letras."

Firmado: Raúl Poveda. Licenciado en Filosofía y Letras. Catedrático en la Universidad de Tal. Premio Julay 1980. Crítico literario y etc, etc,.. y así hasta superar el tamaño del relato de mi madre.

Todo esto no impidió que tres meses más tarde ganaras un premio por un libro que se llamaba *Relatos fantásticos* y en el que, con algunos retoques, aparecía el relato de mi madre que, por cierto, fue uno de los más alabados.

¿A cuántos más hiciste como a Isabel para completar tu libro?

Mi madre no se atrevió a denunciarlo ¿quién la iba a creer? No era por el premio, ni siquiera el reconocimiento de los demás. Si tan solo se lo hubieras pedido, mi madre hubiera sido feliz de regalarte el relato; solo con verlo publicado le hubiera valido, aunque fuera con el nombre de otro. Ella sabría que era suyo y con eso le hubiera bastado. Nunca habría dicho que el gran escritor se valía de los mindundi como mi pobre madre.

A partir de ese día mi madre empezó a morir un poco. Dejó de escribir. Nunca más volví a ver por mi casa cuadernos bonitos ni relatos a medio terminar.

Ella era así: podía soportar golpes de la vida con un estoicismo fabuloso, pero las cosas que rozaban el corazón la sumían en una profunda pena. Desde que recibió esa carta, se quedó vacía como los cubos que arrojan en las puertas de las casas para hacer desaparecer la porquería.

Es curioso, de alguna manera tú hiciste con mi madre como el faro de su historia con los pescadores: le robaste la energía.

El nombre de Isabel murió para ti en el mismo momento que te concedieron el premio. Lo enterraste en lo más profundo de tu conciencia, pero como todo lo que se entierra mal, vuelve a salir; las alimañas lo sacan a flote.

Ahora esta historia tiene nombre de persona y tiene alimaña que lo saque a flote: la alimaña soy yo.

A la mañana siguiente Laura se encontró con un Raúl completamente desquiciado y que solo repetía una y otra vez: "¡Quién eres, solo dime quién eres o esto no terminará nunca!".

Raúl descansa desde hace algún tiempo en una clínica de salud mental de las afueras. Los psiquiatras no se atreven a hablar de su pronóstico.

Mientras tanto su editora, Virginia, ha publicado un libro suyo propio, con la historia sucedida a Raúl. El libro se llama *In memoriam*.

En la parte del libro dedicada a *Agradecimientos* se encuentra el nombre de Raúl Poveda, "sin el que este libro no hubiera sido posible" y en primera página, en la dedicatoria, Virginia ha escrito: "Dedicado a Isabel, mi madre."

Por cierto, el libro se está vendiendo como churros.

Lightning Source UK Ltd.
Milton Keynes UK
UKOW04n2046250817
307973UK00002B/13/P